혁신 · 생명 · 공감 · 치유

새로운사람들은 항상 새롭습니다.
독자의 가슴으로 생각하고 독자보다 한 발 먼저 준비합니다.
첫 만남의 가슴 떨림으로 독자 여러분을 찾아가겠습니다.

혁신·생명·공감·치유

초판1쇄 인쇄 2012년 3월 23일
초판1쇄 발행 2012년 3월 27일

지은이 김덕년
펴낸이 이재욱
펴낸곳 (주)새로운사람들

디자인 김남호
마케팅·관리 김종림

등록일 1994년 10월 27일
등록번호 제2-1825호
주소 서울 용산구 효창동 5-3번지
대신빌딩 2층 (우 140-896)
전화 02) 2237-3301, 2237-3316
팩스 02) 2237-3389
e-mail/ssbooks@chol.com

ISBN 978-89-8120-461-7(03680)

* 책값은 뒤표지에 씌어 있습니다.

혁신·생명·공감·치유

김덕년 지음

새로운사람들

마력을 지닌 아름다운 책

내가 그를 만난 것은 벌써 십 수 년이 더 되었다.

한 작은 도시 신설학교에 모여든 교사들 중에 홀연히 의기 투합하여 함께 여행을 다니고, 교육을 토론하며 젊은 시절을 보냈다.

이제 나는 경기도 한 시골학교 교장으로 초빙되어 왔다.

내부형 공모제에 따라 교장으로 초청이 된 것은 지난 9월이 었으나, 교과부에서 임명 허가를 내 주지 않아 아까운 시간을 그냥 보내다가 이제 본격적으로 때 묻지 않은 우리 아이들과 함께하는 시간을 보낼 수 있게 되었다.

어려운 시기를 보낼 때 그는 '길 위에 있는 사람은 늘 길을 찾게 됩니다. 선생님이 찾은 길은 결국 우리 아이들 가슴으로 이어질 것입니다.' 라며 나에게 힘을 주었다.

그가 쓴 글을 읽으면서 광수중학교를 어떻게 만들어가야 할 것인가를 생각한다.

학생들이 행복한 학교, 교사들이 즐거워하는 학교, 학부모

들이 좋아하는 학교를 만들기 위해 작은 운동장부터 다듬고,
교실 여기저기 디딤돌을 놓을 생각이다.

이 책에는 강하게 외치는 목소리는 없다.
무엇을 어찌하자고 강제로 이끌고 가지도 않는다.
그러나 교장실 책상 위에 놓고 수시로 펼쳐볼 만하다.

그가 제목으로 쓴 '혁신, 생명, 공감, 치유' 라는 말은
우리시대 교육의 화두이다.
모두들 이것을 고민하고 풀기 위해 많은 노력을 한다.
해결의 실마리를 찾을 수 있는 책이다.
읽으면 읽을수록 깊은 감동에 빠지는 마력을 지녔다.

언제 한강이 보이는 고즈넉한 곳에서
그와 함께 소주잔을 기울이고 싶다.

장재근 (경기도 광수중학교 교장)

맑은 기운을 불어 넣는 시간

오래 전 중학교도 못 다니고 미싱 공장을 다니던 동생이 시다에서 진급하여 첫 미싱을 만지던 날 했던 말을 난 잊을 수 없다.

엄지손톱을 굵은 미싱 바늘에 박혀와 "넌 좋겠다, 교복 입고 학교 다닐 수 있어서."라고 했던 그 말을.

우리 세대가 중학교를 다닐 때는 돈이 없으면 학교를 다닐 수가 없었다. 가정형편으로 중학교도 못 간 동생이 손에 미싱이 박힐 때는 미싱 기름을 바르는 것이 제일 좋다는 선배 미싱사들의 조언에 따라 엄지손가락에 번질번질하게 미싱 기름을 두르고 그 말을 할 때의 표정을 지금도 잊을 수 없다.

그 때 가슴에 덜컥 들어앉은 커다란 돌덩이는 지금까지도 빠져 나가지 않는다.

도서·산간 지방에서부터 시작된 중학교 의무교육이 시행된 지 어언 30년, 이젠 돈이 없어 중학교를 다니지 못하는 학생은 없다. 조만간 경기도교육청에서는 고등학생들도 의무교육을 시행한다는 소식이 들리니 가난하여 학교 다니지 못하는 아이들은 이제 없을 성싶다.

그러나 오늘날 학교의 아이들이 아프다. 아이들만 아픈 게 아니라 학교의 구성원 전체가 아프고, 더 나아가 이 사회가 온통 몸살이 나서 열병을 앓고 있다. 어른들이 어렵고 힘든 시절, 그 자신들이 학력으로 차별을 겪은 후 난 몸살이다.

이 깊고 어두운 학력차별사회는 고스란히 자신들의 자녀들에게 좋은 대학, 좋은 학벌을 가져야만 성공할 수 있다는 부모들의 거울이 되어 버렸다. 다들 좋은 대학, 더 좋은 학벌을 꿈꾸다보니 현 교육계가 만들어놓은 입시정책은 더욱 아이들을 얽어매어 내신으로 줄 세우기 하는 교실, 옆 친구와 오로지 경쟁하는 교실 속에 갇혀 있게 만들어 버렸다.

이러한 경쟁속의 교실엔 사람과 사람이 이 사회 속에서 어떻게 서로 공존하고 살아야 하는지 깊은 고민이 없다. 옆 친구와의 경쟁에 이겨 남들이 말하는 좀 더 나은 대학교, 좋은 대학교로 진학을 하기 위해 아이들은 안간힘을 쓰고 어른들은 엄청난 사교육비를 지출하며 자신들이 경험했던 학력지상주의의 사회에서 좀 더 우월하고 좀 더 높은 자리로의 진출을 꾀하고 있느라 오늘도 쉼 없이 우리의 아이들은 사교육 현장에서 뺑뺑이 돌고 있다.

작년에 만났던 한 중학교 2학년 여학생이 썼던 글은 다음과 같다.

예전에는 툭 하면 하고 싶은 일이 달라지고, 하고 싶은 일도 많았는데 왜 아이들이 그다지 하고 싶은 것도 없고, 희망 같은 것도 사라졌다고 할까.

희망을 버린 수많은 학생들이 한 해 학교를 중도 포기하는 수만 해도 전국 7만 명이 넘는 오늘날, 이 어두운 교육현실 앞에서 선생님의 글을 따라 다니는 길목은 참으로 환하게 밝아온다. 마치 새 봄이 오는 것을 가장 먼저 알리며 하얀 눈꽃을 뚫고 피어나는 복수초를 만나듯 기쁘다. 김덕년 선생님이 쓰신 글 중에 다음과 같은 글이 있다.

4조각으로 정사각형을 완성할 때 내 눈은 유난히 못생긴 종이조각에 머물렀다. 아까 혼자서 궁리할 때 도무지 쓸 데 없다고 생각했던 바로 그 종이조각이었다. 그런데 완성된 도형 안에서 그 조각은 너무나 아름다웠다.

하루 전날 자퇴를 한 우리 아이가 떠올랐다. 너무나 못생겼다고, 쓸모없다고 투덜댔던 그 아이. 결국 제 자리를 찾지 못하고 다른 곳으로 떠나야 했던 그 아이가 지금 이 조각은 아니었을까

누구나 학교에서 공부를 잘하고 싶어 한다. 그러나 기초학력

부족이나 학부모의 관심 부족이나 가정사 문제 등과 아이들마다 제각각 타고난 능력과 적성이 다른 다양한 아이들이 오로지 학력으로 평가되고 있는 이 암울한 교실에서 선생님은 자신이 쓸모없다고, 잘할 수 있는 게 없다고 투덜대며 조퇴한 아이를 바라보며 가슴아파하신다.

학교 현관마다 붙어 있는 '창의적 인재양성'은 그저 이상적인 학교의 바람일 뿐 교사는 교사대로 자율적 수업 재량권 없이 좋은 대학교를 더 많이 보내는 것이 목적이 되어버린 교실에서 아이들을 바라보는 선생님의 시선은 늘 안쓰럽고 따뜻하다. 반면 선생님은 혁신학교에서 행복한 학교로 바꾸기 위한 교사들의 역할에 대해서는 냉철한 시선을 유지한다.

학교를 바꾸기 위해 한 축을 담당해야 할 이들이 교사다. 학교에서 하는 역할이 적지 않다. 무엇보다도 아이들에게 주는 영향은 매우 크다. 스스로 먼저 바뀌기 전에 다른 것이 변하기 힘들다. 다시 말해 학교가 변하려면 교사들부터 먼저 변해야 한다는 말이다. 변화는 무엇인가. 달라진다는 것이다. 달라지기 위해 필요한 요소는 상상력이다. 교사들이 상상력을 발휘한다면 학교는 이미 달라진다. 교사들의 상상력은 나비효과처럼 어디에서 어떤 결과로 나타날지 모른다. 교육이란 바로 그런 것 아닌가. 들어가는 것과 나오는 것이 일대 일로 대응되지 않는다.

그러나 분명하다. 변화의 시작은 상상력에서 비롯되는 법이다. 엉뚱한 상상력이 세상을 바꾸듯, 교사들이 꿈꾸는 상상력이 교육을 바꾸어 나간다. 투덜대던 교사들이여. 그전에 먼저 꿈부터 꾸자. 아니, 그동안 투덜댔던 일을 잘 생각해보고 그 반대로 행동해 보자. 그럼 분명 새로운 학교가 가까이 다가올 것이다.

선생님을 처음 알게 된 것이 자기주도학습 코칭 자료집을 만들어 부족하지만 쓰고 싶다는 분들에게 주고 싶다고 페이스북에 글을 남기면서 선생님께서도 자료를 볼 수 있겠냐고 메일을 주신 것이 인연이 되었다.

그렇게 시작된 메일은 '입시소식'을 통해 매일 아침마다 학교 현장을 고민하는 선생님의 생각들이 곁들인 소식이 전해지곤 했다.

때론 강가에서 꿈을 잃고 방황하는 아이를 걱정하는 내용이 들어 있고, 때론 한적한 절터를 찾아 선생님의 내면을 들여다보며 아이들의 마음을 치유할 방안을 생각하시는 맑은 샘물 같은 선생님이 쓰신 글에 다음과 같은 글도 있다.

가끔 아이들은 교사를 선생님이라고 부르지 않고 '샘'이라고 한다. 사투리에서 나온 말이지만 오히려 정겹다.

교사들이 샘이 되기를 바라는 아이들의 마음이 담겨 있기 때문일 것이다.

뜨겁고 거친 삶 속에서 문득 차고 맑은 샘을 떠올리는 사람들에게 우리,

맑은 샘 같은 존재가 되면 좋겠다.

'혁신, 생명, 공감, 치유'를 주제로 한 샘의 글들은 '입시소식'을 통해 매일매일 전해오던 샘의 토막토막의 소중한 마음들이 고스란히 담겨 있다.

마치 목말라 있다 깊은 산중에서 만난 맑은 물 송송 솟아나는 샘물 같다. 샘의 글을 따라 다니는 길은 그래서 그 샘가 한 귀퉁이에 앉아 두 손 가득 맑은 물줄기를 담아 소용돌이치는 내 안으로 맑은 기운을 불어넣는 시간이다.

샘의 맑은 물을 마시고 더 많은 아이들이 맑은 샘 줄기 가득 담아 저 자신 큰 강줄기가 되어 너른 바다로 나아가는 모습을 상상해 본다. 기쁘다.

서진희(자기주도학습코칭, 학부모)

한 편의 시와 드라마를 보는 느낌

몇 년 전이었습니다. 같은 학교에서 근무하던 어떤 선배 선생님께서 제게 "김덕년 선생님에 대해서 아느냐"고 물으면서 "나는 그를 존경해"라고 말하더군요. 그리고 2년 전에 우연한 기회에 김덕년 선생님을 처음 뵈었고 1년간 경기도교육연구원에서 김덕년 선생님과 같이 근무를 했습니다.

1년 동안 하루 일상을 김덕년 선생님의 글로 열었습니다. 김덕년 선생님은 아침마다 입시 관련 뉴스 스크랩과 함께 자신의 생각을 몇 단락 적어서 많은 사람들과 소통을 하고 있기 때문입니다. 그 메신저 쪽지를 매일 보면서 들었던 생각과 이책을 읽으면서 들었던 생각이 다르지 않습니다. 교육을 말하기 전에 인생을 말해야 하며, 교사이기 전에 인간이 되어야 함을 그는 말하는 것 같았습니다.

김덕년 선생님의 글은 한 편의 시와 드라마를 보는 느낌을 줍니다. 작은 일상과 대화를 기가 막히게 포착합니다. 먹잇감을 결코 놓치지 않는 독수리와 같은 민첩함이 느껴집니다. 하지만 그의 글을 자세히 읽다보면 한겨울 날 김이 모락모락 나는, 막 쪄낸 찐빵과 같은 푸짐함과 따뜻함이 동시에 느껴집니다. 그의 글이 따뜻한 이유는 그의 삶이 따뜻하기 때문이겠지요.

많은 사람들은 김덕년 선생님을 입시 전문가라고 말합니다. 입시전문가하면 우리는 '수능 몇 점, 내신 몇 점으로 어느 대학과 어느 학과에 가면 유리하다는 것을 신빙성 있는 자료와 함께 예측해주는 사람'으로 인식합니다. 그런데 김덕년 선생님은 입시전문가이면서 누구보다도 입시교육과 학벌주의의 폐해에 대해서 목소리를 높입니다.

기능적 입시 전문가가 아닌 입시 체제가 어떻게 바뀌어야 하는가를 말하는 혁신적 입시전문가입니다. 그것이 가능한 이유는 무엇일까요? 자기 자신과 삶, 우리 교육에 대해서 끊임없이 성찰하고 통찰하기 때문입니다. 어떤 거창한 체제 이전에 인간이 더욱 중요하다는 생각을 그는 가지고 있음에 틀림없습니다.

뫼비우스의 띠를 보는 것처럼 그의 글에는 입시 교육과 혁신 교육, 공교육과 대안교육, 상처와 치유, 삶과 죽음, 고통과 희망, 거시적 접근과 미시적 접근, 구조적 모순과 운동적 실천이 동시에 교차합니다.

한 시대를 살아가는 교사의 삶은 단순하지 않습니다. 교사

스스로 원하지 않아도 입시위주의 교육 체제에 놓이게 되며, 그 속에서 상처와 고통 받는 아이들을 만나게 됩니다. 교사들은 자신들을 힘들게 하는 수많은 구조적 모순 상황에 끊임없이 직면합니다. 입시체제, 아이들의 상처와 고통, 구조적 모순 등의 키워드는 교사의 숙명이자 굴레입니다. 그로부터 교사들은 결코 자유로울 수 없습니다. 하지만 그는 흥분하지 않으면서 혁신과 소망, 가능성을 담담하게 말합니다.

밀려오는 아이들에게 아무 것도 전해줄 수 없다면 내가 살아야할 아무런 존재 이유가 없을 듯싶다. 그렇다면 내가 선택해야 할 것은 무엇인가. 훌훌 털어버리고 떠나는 것밖에. 아니면 아직 변할 수 있는 힘이 있다면 그걸 찾아야겠다. 꽃보다 더 예쁜 우리 아이들의 눈에 초라한 고목으로 비치기 전에. -초라한 고목이 되기 전에-

이 문장을 읽으면서 저도 모르게 눈물이 핑 돌았습니다. 이 책은 교사로서 산다는 것이 무엇이며 어떤 시대에 우리가 살고 있는가를 보여주고 있습니다. 화려하지는 않지만 김덕년 선생님처럼 담담하게 소망을, 그리고 희망을 노래하고 싶습니다.

김성천(사교육걱정없는세상 부소장)

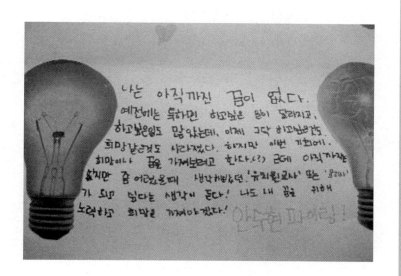

혁신, 생명, 공감, 치유의 샘이 되고픈 마음에

바야흐로 정치의 계절이 돌아왔다.

여기저기 건물 벽면보다 더 넓은 현수막이 걸린다.

인물들은 모두 연예인 뺨치고, 내건 정책도 그대로만 된다면

우리는 금방 편안한 복지 국가로 들어갈 것 같다.

그런데도 왜 이리 내 가슴은 휑할까.

자꾸만 움츠린 어깨를 끌어들인다. 춥다.

인간의 역사는 늘 진보하는 것은 아니다.

앞으로 한번 올라가면 그만큼 뒤로 간다.

우리는 마치 그네에 올라탄 어린 아이와 같다.

요즘은 롤러코스트를 탄 듯 급락이 심하다.

특히 교육에 대한 논란을 갈수록 심하다. 서로들 많은 해법을 제시하고 있다. 문제는 고스란히 그 정책에 희생이 되는 이는 우리 청소년들이라는 점이다. 가장 민감하다. 그리고 이제는 청소년 들뿐만 아니라, 교사, 학부모들 모두가 희생양이 되고 있다.

경기도를 비롯한 몇 개 시도에서는 혁신학교를 통해 대안을 찾으려고 애쓰고 있다. 혁신학교는 일정한 형태가 있다기보다는 수가타 미투라가 말한 것처럼 '교육은 자가 조직 시스템이고 학습은 창발현상(Education is a self organising system, where learning is an emergent phenomenon)'으로 볼 수 있다.

더 좋은 교육을 하기위해 고민하는 과정에서 더욱 미래지향적이고 창의적이며 생명공동체를 추구하는 교육과정이 나온다. 따라서 혁신학교는 많으면 많을수록 학생들에게는 더 좋은 교육을 할 수 있게 된다. 이런 점에서 요즘 교육 현상은 참으로 바람직하다 할 수 있다.

그동안 숨 막히는 질곡에서 이제 서서히 벗어나고 있는 것이다. 한편 이러한 시대적 흐름을 애써 외면하는 사람들도 있다. 그들은 우리 아이들을 가르침의 대상으로 여긴다. 그리고 경쟁에서 다른 사람들을 누르고 이겨 서도록 독려한다. 그리고는 이렇게 말한다.

"이게 모두 너를 위하는 일이야."

그런데 말이다.

교육을 받는 모든 아이들이 대상이 아니라 소중한 주체로
서의 생명이라면 어떨까. 우리 아이들이 어른들에게 속한
소유물이 아니라 신이 이 땅에서 살아갈 수 있도록 보낸 귀
한 삶이라면 우리가 이렇게 할 수 있을까.

무엇이 그들을 위한 일일까.

커다란 지식의 쓰나미, 그 거대한 파도 앞에서 갈 곳 몰라
헤매다가 물에 휩쓸려 죽게 해야 할까. 침착하게 유용한 지
식을 선택하고 새롭게 활용하여 더 넓은 생명공동체를 위해
쓸 수 있도록 해야 할까.

생태계는 온 생명, 보 생명, 낱 생명으로 이루어진다. 즉,

나는 그 존재로 전체가 되기도 하고 다른 생명이 존재할 수 있도록 도와주기도 하고, 전체의 부분이 되기도 한다. 촘촘하게 짜인 생명의 그물망에서 어느 한 코가 빠지게 되면 그 그물망을 가치를 상실하게 된다. 우리 하나하나가 소중한 가치를 지닌 존재이다.

학교는 학생, 학부모, 교사들이 함께 있어야 한다.
모두가 각각의 그물코를 형성하고 있다.

그동안 어느 한쪽만 강조되어 왔다면 이제는 공동체를 이루며 함께 살아갈 수 있는 방법을 찾아야 한다.
어떤 방법이 있을까.
내 주장을 내세우기보다는 다른 사람을 배려하고 그들의 생각을 살피는 과정, 즉 '공감'이 이루어진다면 학교에는 다시 평화가 찾아올 것이다. 학부모, 학생, 교사들이 서로를 이해하고 손을 잡아주는 과정이 필요하다.

그동안 상처 입은 사람들에게는 '치유'의 길을 열어 주어야 한다. 상처를 아물게 하지 않고 우리가 시도하는 어떤 해결 방법도 무위로 돌아갈 것이다.

그동안 쓰고 발표했던 글들을 한데 엮어 보았다.
언제라도 손이 닿는 곳에 두고 가슴 열어 읽어보면 좋겠다.

어떤 이에게는 혁신학교에 대한 상상력을 주는 샘이 되고,
어떤 이에게는 생명에 대한 가치를 되새기는 샘이 되기도 하며
어떤 이에게는 공감을 위한 넉넉한 여유와 되고
또 어떤 이에게는 치유의 따뜻한 품이 되면 좋겠다.

책을 펴낼 수 있도록 용기를 준 장재근 님, 김성천 님, 서진희 님께 감사드리며, 무엇보다도 그냥 투정부리듯 던져놓은 원고를 곱게 다듬어 귀한 생명체로 탄생시킨 새로운사람들의 이재욱 대표님 이하 모든 식구들에게도 한없는 감사를드린다.

길을 잃고 힘들어 하던 나를 사랑으로 붙들어준 아내 김미성 님과 아빠를 늘 든든하게 생각하는 우리 다은이, 하람이에게 이 책을 바친다. 사랑한다.

　　새로 시작하는 걸음이 많은 봄이다.

2012년 봄에

차례

제1부 혁신

제 2 부 생 명

제 3 부 공감

제4부 치유

제1부

혁신

가볍게 던진 돌멩이 하나

동토凍土. 얼음 땅. 그렇다.

지금 저승사자의 음습한 기운이 온 나라를 뒤덮고 있다. 소, 닭, 오리, 돼지, 아니 심지어는 꽃사슴까지 수십 만 마리, 수백 만 마리 매몰되고 있다. 땅은 뭇 생명들을 끌어안고 피눈물을 흘린다. 가쁜 숨을 느낄 수 있다. 이러다가는 그예 땅도 죽지. 하지만 무딘 인간들은 그저 희희낙락 이 땅을 뒤덮은 사신死神의 미소를 보지 못하고 있다. 죽는 순간까지 제 새끼에게 젖을 물리던 소, 돼지를 보고도 '퇴비'가 어쩌고, '침출수는 태워버리면 된다.'고 하는 무심한 사람들이 이 땅의 지도자연하는 나라. 그렇기에 강은 무지막지한 포클레인에 찢기고, 신중해야 할 교육정책도 하루아침에 왔다 갔다 한다.

절벽 이쪽과 저쪽을 연결한 외줄이 있다.

멀리 돌아갈 수도 있지만 사람들은 돌아가는 길을 잘 모른다.

28

용기도 없다. 70만 가까운 청소년들이 그 외줄 위에서 위태로운 줄타기를 시작했다. 바람이 분다. 밑을 보니 까마득한 낭떠러지. 다리는 후들거린다. 서로 격려하며 한 걸음, 한 걸음 내디딘다. 잘 보니 외줄에는 70만 명만 있는 것이 아니다. 조바심으로 눈을 떼지 못하는 부모들이 있다. 교사들이 있다.

그런데 바람 속에서 음산한 목소리가 들린다. 올해 수능은 쉽게 낼 것이다. 계속해서 영역별 만점자가 1% 나오게 할 것이다. 외줄에서는 당혹함과 불안이 커진다. 언제는 논술을 그렇게 강조하더니 이제는 논술이 줄어든다. 그래도 상위권 대학에서는 논술이 필요하다. 부는 바람에 흔들리던 외줄은 이제 공포와 불안으로 바뀐다.

정책을 결정하다 보면 사람을 놓치는 경우가 있다.

성과만 눈에 보인다. 게다가 그 성과가 달콤한 열매처럼 반짝반짝 빛나기 시작하면 유혹하는 뱀이 없어도 손은 저절로 선악과를 향해 뻗는다. 열매만 보이기 때문이다. 지금 교육 정책을 정하는 이들에게는 외줄 위에 있는 아이들은 안중에 없는 듯하다. 그들이 내놓은 정책을 가만히 들여다보면 결국 '효율성'이라는 포장에 '서열화'와 '경쟁'을 담았다.

항의가 빗발치면 은근슬쩍 거둬들인다.

"아 너희들이 잘못 알고 있나 본데 그건 오해야. 우리는 그럴 생각이 전혀 없었어."

우려의 목소리가 높아지면 오해라고 한다. 와전된 거란다.

지도자들은 말을 아껴야 한다.

개그맨들의 가벼운 말은 그저 웃음을 줄 뿐이지만, 정책 결정자들이 하는 가벼운 말은 생명을 좌우할 수도 있다. 이 정권에 들어와서 유난히 '오해였다'는 말이 많다. 지금 외줄 위에 올라가 있는 아이들에게는 가볍게 던진 돌멩이 하나조차도 무시무시하다.

가장 명예로운 일

"처음 선생님이 물리학과를 권했을 때 뜨악했어요."

이제는 제법 숙녀티를 풍기는 율리아가 생글생글 웃는다.

"그런데요, 지금은 잘했다는 생각이 들어요. 물리학이라는 과목이 어렵다보니 선택하는 사람이 별로 없고 그래서 지금은 상대적으로 취업문이 넓은 편이에요."

처음 입학했을 당시보다도 졸업할 때인 지금이 훨씬 줄어들어 올해는 겨우 7명이 물리학 전공으로 졸업을 했다고 한다.

"율리아, 조기 졸업했어요."

같이 온 애리가 목소리를 높였다.

"조기 졸업이라니?"

올해 8월, 다른 학생들보다 1학기 먼저 졸업을 하고 지금은 대학원 준비를 하고 있단다. 학점 관리를 잘한 탓도 있었지만 배울수록 재미를 느껴 이제는 전문적으로 전공을 공부하고 싶단다.

"야. 대단한 걸. 조기졸업하면 어떤 혜택이 있니?"

조기 졸업한 학생이 대학원에 진학하면 등록금이 절반 수준으로 떨어진단다. 율리아는 유학까지 생각하고 있었다.

진학지도를 하다보면 많은 학생들이 인기학과에 몰린다.

인기학과란 당연히 취직이 잘 되거나 일생이 보장된 직장에 들어갈 수 있는 학과이다. 워낙 돈이 주도하는 사회이다보니 이런 현상이 생겨난다. 무슨 일을 하느냐보다 얼마나 버는가가 더 관심의 대상이 되고 있다. 그러나 자기가 좋아하는 일을 하는 사람이 존경받는 경우가 많다.

우리 학교에 기사님으로 오래 계시던 분이 정년퇴임하셨다. 늘 성실한 모습으로 학교의 구석구석을 살피시고 어떤 부탁이라도 웃으며 받아주던 분이셨다. 기사님은 자신이 최선을 다해 일하고 그런 모습을 좋아하는 학생들이 있어 좋다고 했다. 돈보다는 명예를 지킬 수 있어 참 좋았다고 했다. 우리 교무실에 마지막 인사를 하러 오셨을 때는 교사들 모두 진심어린 박수를 보냈다. 사람과 사람 사이를 지탱하게 하는 가장 큰 힘은 도덕과 명예이다. 도덕과 명예는 사람을 배부르게도 편하게 하지도 못한다. 오히려 가난하게 지내게 하는 경우가 더 많다. 그럼에도 불구하고 가장 사람을 사람답게 만들어 준다.

오늘날 우리는 세계 11위의 경제대국으로 성장했다고 하지만 그에 걸맞은 도덕성과 명예 존중의 정신은 쌓지 못하고 있는 것 같다. 그러다 보니 넘치는 돈을 개인의 편리함만을 위해 모두 써버린다. 길거리 여기저기에 돈은 넘치지만 여전히 가난한 사람들이 많다. 아이들은 꿈을 키우기보다 지극히 영악해지고 현실적이 된다.

"요즘도 네잎클로버를 찾으세요?"

율리아의 한 마디에 퍼뜩 정신이 든다. 녀석들이 고3일 때 네잎클로버를 따서 주었던 일을 기억하고 있나 보다. 그래. 아직도 나는 고3 아이들에게 줄 네잎클로버를 찾고 있다. 그게 바로 나에게는 가장 명예로운 일일 게다.

공교육이 나아갈 길

수능시험이 끝났다.

올해 체감 난이도는 더 어려웠다는 반응이 대부분이다. 고3 교실은 당황한 기색이 역력하다. 교사들은 풀이 죽은 학생들을 달래고 효과적인 지원전략을 세우기에 여념이 없다. EBS와 연계율이 70%를 웃돈다곤 하지만 심층적으로 공부한 학생들 외에는 그다지 체감하지 못하고 있다. 실제 성적 결과가 나와야겠지만 이번 시험을 치른 학생들 반응을 보고 퍼뜩 든 생각은 '내년에는 사교육 의존도가 높아질 수 있겠구나' 였다.

사실 학교에서는 EBS 교재나 강의를 많이 활용한다.

이미 EBS 활용도를 높이겠다고 공언한 바 있기 때문에 지나칠 수 없었던 것은 물론이다. 교재 수준도 상당히 좋은 편이고 강의내용 역시 훌륭하다. 따라서 대부분 학생들은 EBS 방송에 많이 의존한다. 그런데 올해는 단순히 EBS만 공부했다고 좋은 점수를 받을 수 있는 것은 아니다. 아마도 출제위원들이 연계율을 높이려다 보니 평범한 문제를 낼 수 없었고 문제를 심화하여 출제했기 때문이라고 짐작된다. 내년 수험생들은 EBS를 반복해서 공부한다고 해서 좋은 점수를 받을 수는 없다고 생각하게 된다. 자연스레 심층적으로 공부해야 한다.

이렇게 공부하는 방식은 상위권 학생들에게는 그리 어려운 문제가 아니다. 하지만 중위권 학생들은 심리적으로 위축을 느끼면서 해결방법을 모색하게 된다. 내년을 대비하여 발 빠른 학부모들은 EBS 수능 방송 심화 강좌가 준비된 학원을 알아볼 것이 틀림없다. 그렇게 할 수밖에 없다.

또한 대부분 상위권 대학들이 탐구 과목을 2과목으로 축소하고 있다. 언뜻 수험생들의 부담을 줄이려는 의도 같지만 과목이 줄어듦으로 더 좋은 점수를 선택해 반영할 수 있기에 탐구과목 점수가 상승하게 될 것은 틀림없다. 그렇다면 언어, 외국어, 수학 영역이 중요하게 된다. 특히 수리영역은 학생들의 실력 차가 두드러지기 때문에 수리 영역의 중요성은 더 커진다. 더구나 내년에는 수리 영역의 범위가 늘어난다. 안 그래도 사교육 의존도가 높은 수리 영역에 대한 부담은 학생들의 발걸음을 사교육기관으로 옮기게 만들 것이다.

여전히 학부모들은 공교육보다는 사교육 의존도가 높다.

실제 대응도 사교육기관이 발 빠르다. 학교 교사들 역시 EBS를 연계하여 수업을 하되 심층적인 문제해결력을 키우려고 하겠지만 개인적인 노력일 경우가 많다. 교사들은 3월초나 되어야 새 학년 수업에 들어간다. 공교육 정상화 정책을 대학 입시와 연계하여 해결책을 찾으려고 한다면 갈수록 더 꼬일 뿐이다. 단편적인 지식 전달, 점수 위주의 상급학교 진학에서 효과를 본 것은 사교육기관이다.

이렇게 된 이유는 왜곡된 교육구조 탓이 크다. 공교육이 교육이라는 큰 틀을 버리고 상급학교 진학이라는 부분만 강조할 수는 없지 않은가. 공교육과 사교육은 서로 보완할 방법을 찾아야 한다. 실제 사교육에서 하는 효율적인 지식전달 방법에 자극받아 공교육 현장에서 교수-학습 방법에 큰 변화를 도모했다는 점은 시사示唆하는 바가 크다.

치열한 경쟁 속에서 살아남은 사교육이 지닌 경험은 크게 유용하다. 그리고 공교육은 생명교육이라는 큰 걸음을 시작해야 한다. 이제는 우리의 교육구조를 상급학교 진학이라는 굴레에서 벗어나 학생을 중심에 둔 교육으로 전환할 시점이다.

교과서의 굴욕

이럴 거면 교과서는 왜 사라고 했어요?"

아이들이 투덜대는 소리가 들린다. 고3 교실, EBS 강좌와 대학수학능력시험 연계율이 70% 가까이 된다고 하니 EBS 교재를 안 할 수 없다. 당장 수능을 눈앞에 둔 아이들과 함께 수능에 나오지도 않는 과목을 붙들고 진도를 나가봐야 아이들은 아무도 집중하지 않는다. 마지못해 앉아 있어도 조바심 가득한 마음은 이미 수업에서 벗어나 있다.

교과서는 문제집으로 가득한 사물함에 들어가지도 못한다. 그저 교실 바닥 여기저기 놓여 있다. 억지로 교과서 검사를 하면 아무 것이든 주워 책상에 놓는다. 이런 와중에 교사가 교수-학습 기술을 발휘하여 다양한 수업을 전개하더라도 곧 한 문제라도 더 풀어달라는 간절한 눈빛과 마주치게 된다.

3월이면 곧 고3 아이들은 호환 마마보다 무섭다는 학력고사를 치른다.

"3월 점수가 네 수능 점수다."

무시무시한 판결을 기다리는 죄수처럼 아이들은 시험을 치르게 될 것이다. 그리고 떨리는 마음으로 채점하겠지. 대부분 절망적인 심정으로 담임과 상담을 하며 하루하루 치열한 수험생활을 하게 된다. 이런 아이들이 교과서를 들여다보며 기본부터 차근차근 공부하기란 참 어렵다. 게다가 연계율이 70% 이상이라고 하는 문제집을 지나친다는 것은 상상할 수도 없다. EBS 강좌도 들어야 한다. 야간 자율학습 시간에는 작은 모니터를 들여다보는 학생들이 많다. 화면 속 강사는 과장된 몸짓으로 아이의 눈을 붙들기 위해 애쓴다.

사실 고3 과정에도 새롭게 편성되는 교과가 있다. 국·영·수·사·과 어느 교과든 새로 시작하는 과목이 있게 마련이다. 그럼에도 불구하고 1점이라도 아쉬운 수험생들은 수업시간까지 기다릴 수 없다. 미리 공부를 해야 한다. 그리고 유사 문제를 많이 풀어 문제 적응력을 높여야 한다. 교과서는 새로 나왔지만 아이들은 인터넷강좌를 통해 이미 공부를 마친 경우가 많다. 그러니 더더욱 교과서는 찬밥 신세가 된다.

이런 사정을 잘 아는 교사들도 교과서를 신주단지처럼 떠받들 수 없다. 미안하니까 슬쩍 건들기는 하지만 1, 2학년 때처럼 수업시간에 전적으로 매달릴 수 없다. 대신 아이들에게 EBS 교재를 권한다. 교재비도 만만치 않다. 몇 권을 사지 않아도 10만 원이 훌쩍 넘는다. 그런데 어쩐 일인가. EBS 강좌가 참 많다. 강의 속도 따라 잡는 것도 만만치 않다. 한정된 시간에 여러 강좌를 공부해야 하는 아이들에게는 여전히 부담스럽다. 시간이나 돈이나. 이러다 보니 내신 성적이 썩 마음에 들지 않는 학생들은 자퇴를 하고 검정고시를 생각한다. 자기만의 시간을 많이 확보할 수 있는 방법이기 때문에 상당히 매력적이다.

요즘 혁신 학교가 화두다.

분명 교육계 전반에 영향을 미치고 있다. 성과가 나오기 시작했다는 의미다. 하지만 대학 합격을 큰 과제로 생각하는 한 입시는 학교 교육에 엄청난 영향을 미친다. 혁신적인 교육과정으로 유명한 어떤 학교조차 아이들의 성적을 분석하여 대부분 아이들이 2, 3등급이 나오더라는 성과(?)를 말하는 것을 보면 분명 입시는 간과할 수 없는 부분이다. 교과서의 굴욕을 그치게 할 수 있는 방법은 정녕 무엇일까.

교사들이여, 먼저 꿈을 꾸자

새로운 학교란 어떤 모습일까.

밝고 건강한 학생들이 활기차게 생활하는 학교, 자녀를 믿고 맡기는 안전한 학교, 지역사회가 자랑스럽게 생각하는 학교. 무엇이든 학교 생태계가 건강한 모습일 때 가능하다. 학생과 교사, 학부모와 지역사회가 조화를 이루어 한 생명을 키워내는 학교라면 분명히 좋은 학교일 것이다.

최근 들어 새로운 학교를 꿈꾸는 이들이 부쩍 늘어나고 있다. 바람직하다. 학교문화가 달라지기 시작했다. 수동적이고 주눅 들던 학부모들도 적극적으로 학교 경영에 참여한다. 교사들도 학교 경영에 자기 목소리를 크게 내기 시작한다. 무엇보다도 새로운 수업기술을 익히기 위해 동아리를 만들고 연구하며 서로 가르치고 배운다. 이러한 변화의 씨는 오래 전에 뿌려졌다.

그러나 산이 높으면 계곡도 깊은 법이다. 긍정적인 변화가 있다면 오히려 더 경직된 모습도 나타난다. 학생인권조례가 통과되자 교사들이 제일 먼저 당황스러워 했다. 말을 듣지 않는 아이들은 어떻게 지도하냐는 것이 겉으로 드러난 가장 큰 이유였다. 그동안 매와 욕설이 아이들을 지도하는 손쉬운 방법이었고 다른 생각은 미처 못 했기 때문이다.

이미 많은 교사들은 체벌을 심각하게 생각했고 다른 방법으로 학생들과 교감하려고 애썼다. 체벌에서 벗어난 학생들이 한결 밝아진 것은 두 번 말할 필요가 없다. 그럼에도 불구하고 대부분 교사들이 난감해 한 이유는 체벌 외에 다른 방법을 미처 생각하지 못했기 때문이다.

때리면 바로 효과가 나타난다. 학생들이 힘에 굴복하는 모습을 보면서 일종의 쾌감을 느끼기도 했을 것이다. 그러나 매를 맞고 욕설을 들은 아이들은 이내 마음을 닫아버린다. 아이들이 만나는 교사는 결코 한 사람이 아니다. 대부분의 교사들이 체벌로 아이를 제어하려고 한다면 한 번 마음을 닫은 아이들은 점점 내면 깊숙이 숨어버린다. 나오지 못하는 것이다. 거대한 성벽을 쌓게 된다. 이런 상태로 청소년기를 지나면 다른 사람과의 관계도 어려워진다. 학교에 대한 기억이 적대적인 사람들이 많다. 그들 중 대부분은 학창시절 맞은 기억이 크게 남아 있다.

학교를 바꾸기 위해 한 축을 담당해야 할 이들이 교사다.

학교에서 교사들이 하는 역할이 적지 않다. 무엇보다도 아이들에게 주는 영향은 매우 크다. 스스로 먼저 바뀌기 전에 다른 것이 변하기 힘들다. 다시 말해 학교가 변하려면 교사들부터 먼저 변해야 한다는 말이다.

변화는 무엇인가. 달라진다는 것이다.

달라지기 위해 필요한 요소는 상상력이다. 교사들이 상상력을 발휘한다면 학교는 이미 달라진다. 교사들의 상상력은 나비효과처럼 어디에서 어떤 결과로 나타날지 모른다. 교육이란 바로 그런 것 아닌가. 들어가는 것과 나오는 것이 일대 일로 대응되지 않는다.

그러나 분명하다.

변화의 시작은 상상력에서 비롯되는 법이다.

엉뚱한 상상력이 세상을 바꾸듯, 교사들이 꿈꾸는 상상력이 교육을 바꾸어 나간다. 투덜대던 교사들이여. 그 전에 먼저 꿈부터 꾸자. 아니, 그동안 투덜댔던 일을 잘 생각해보고 그 반대로 행동해 보자. 그럼 분명 새로운 학교가 가까이 다가올 것이다.

너무나 아름다운, 못생긴 조각 하나

온 배움터에서 한 시간 한 시간은 감동의 연속이다.

상춘객들이 많아서 남녘으로 향하는 고속도로는

진작부터 막혔다.

나들목을 빠져나와 시골길로 접어들자 봄 향기가 차 안에

들어온다.

창문을 활짝 열고 시골길을 천천히 달렸다.

수유, 매화가 지천으로 피어 있다.

온 배움터의 아담한 교정에 들어서니 건축학과 학생들이
만들어 놓은 예쁘장한 천막집이 운동장 한 구석에 자리 잡고
있다. 호기심 많은 성격에 스쳐 지날 수 없었다. 가만히 안을
들여다보았다. 어느 인디언들이 제 삶터를 이리로 옮겼을까.
제법 튼튼해 보였다.

6월까지는 춥다는 말이 자꾸 떠올라 겨울 외투를 꺼내 입었다.

〈생태교재 만들기〉수업은 처음에는 교실에서, 더 추워지자 방으로 옮겨 진행되었다. 여러 모양과 크기로 잘라진 도형 맞추기를 하면서 우리는 온 생명, 낱 생명, 그리고 보 생명의 관계에 대해 공부했다.

언뜻 쉽게 보였던 도형 맞추기가 시간이 지나도 전혀 맞춰지지 않아 끙끙대자 샘은 안타까운 표정으로 이 모습이 오늘날 우리의 모습이라고 하셨다. 정사각형을 각각 4조각으로 잘라낸 도형을 마구 뒤섞어 놓았다.

1. 말없이 진행
2. 손짓이나 몸짓 금지
3. 조각을 집어가거나 던지지 말 것
4. 주고 싶은 사람 손에 확실하게 전달

비록 간단한 규칙이었지만 각자의 틀 속에서만 궁리하는 우리에게 이 규칙은 큰 제약이었다. 결국 아무도 완성하지 못하고 손을 들고 말았다.

"이 커다란 네 도형은 작은 종이조각이 있어야만 완성됩니다. 비록 못생긴 조각이지만 쓸모가 있죠. 하지만 우리는 각자의 틀 속에서 종이조각을 바라보았습니다. 우리가 낱 생명을 보는 일이 이렇지는 않은지요. 내 기준으로 필요하다, 필요 없다고 생각하는 것입니다. 그러나 어때요. 이 작은 종이조각이 없다면 큰 도형은 완성될 수 없습니다. 이 세상도 마찬가지입니다."

샘이 4조각으로 정사각형을 완성할 때 내 눈은 유난히 못생긴 종이조각에 머물렀다. 아까 혼자서 궁리할 때 도무지 쓸 데 없다고 생각했던 바로 그 종이조각이었다. 그런데 완성된 도형 안에서 그 조각은 너무나 아름다웠다.

하루 전날 자퇴를 한 우리 아이가 떠올랐다.

너무나 못생겼다고, 쓸모없다고 투덜댔던 그 아이. 결국 제자리를 찾지 못하고 다른 곳으로 떠나야 했던 그 아이가 지금 이 조각은 아니었을까.

당연한 가치, 학생인권조례

"어떻게 됐어?"

교무실에 있던 교사들이 일제히 이 선생을 바라본다. 교육청에서 내려온 지침에 따라 학생 대표, 교사 대표, 학부모 대표들이 모여 학교생활규정을 바꾸고 있는 이 선생은 부쩍 까칠해졌다. 학생지도를 우려하는 교사들과 학부모, 그리고 무한한 자율을 꿈꾸는 학생들의 빗발치는 요구 속에서 일을 무난하게 마무리 짓기가 얼마나 어려운가. 화내는 일이 잦아졌다. 끊었던 담배도 다시 피우는 것 같았다. 밖에 나갔다가 들어올 때면 찬바람 속에서 담배냄새가 묻어났다.

"요즘 힘들지?"

처음 '학생인권조례' 가 발표되었을 때 누구보다 좋아했던 이 선생이었다. 일부 교사들이 목소리 높여 비난할 때도 그들을 설득했었다. 생각부터 바꾸자고 역설했다. 마침내 학교생활

46

규정을 바꾸어야할 시점에 손사래 치는 교사들을 대신하여 이 선생이 적극적으로 나섰다. 그런데 막상 몇 번 회의를 하더니 말도 줄었고 웃음이 사라졌다.

"난 요즘 꼭 10년 전을 보는 것 같아. 너무나도 비슷해."

그랬다. 딱 10년 전이었다. 학교에 자율화 바람이 불었다. 학교마다 복장규정을 바꾸고 야간자율학습 지침을 만들었다. 연일 공청회가 열렸다. 교사 대표, 학생 대표, 학부모 대표가 모여 머리를 맞댔다. 한 번 열린 공청회는 다시 열리지 않았다. 규칙도 흐지부지 관리자가 원하는 대로 정해졌고 학교 문화는 전혀 변하지 않은 채 죽음 같은 시간이 흘렀다.

의무급식처럼 학생인권조례 역시 한 걸음 나아가는 일이 만만치 않다. 이러다가 다시 10년 전 그때처럼 무덤 속으로 들어가는 것이 아닐까 걱정이 된다. 어느 때보다 언론의 방해 공작이 심하다. 인권조례가 발표되기 전에는 하루가 멀다 하고 교내 체벌 문제가 대서특필됐다. 매 맞아 푸른 멍이 든 엉덩이 사진이 인터넷에 올라왔고, 아이를 밀쳐 날려버리는 동영상이 반복됐다. 교사들은 모두 폭력배가 되었다. 학부모들의 목소리가 높아졌고, 여론은 교사를 적으로 세웠다.

그런데 이제는 학생들에게 당하는 교사들의 모습이 보도

되는 일이 많아졌다. 큰일이라는 식으로 보도되고 자연스레 체벌금지로 학생지도를 할 수 없다는 말이 이어졌다.

사실 학생지도가 쉽지는 않다. 그동안 눌려있던 학생들의 요구가 거침없이 나오기 때문이다. 자율에 대해 눈을 뜨기 시작했고, 자아에 대해 생각하기 시작했다. 다만 그동안 스스로 절제하는 법을 배우지 못했기에 거침없이 자기 생각을 내뱉는다. 억압에 의해 자기를 억지로 눌러왔던 청소년들이기에 반발력도 만만치 않다. 어른들은 억압에 의해 짓눌린 상태를 '예의'라고 생각했다. 이제 그 억압이 걷혔다.

그렇다면 어른들도 생각이 달라져야 한다.

학생을 한 생명체로 보아야 한다. 어른들은 전혀 변하지 않으면서 학생들이 순응하기만 요구한다. 기존의 잣대로 본다면 혼란처럼 보일 것이다. 하지만 이 또한 분명 지나갈 것이다. 아이들은 곧 새로운 질서를 창조할 것이기 때문이다.

대학 서열화와 고교 서열화

수능시험 점수가 발표되고 나면 70만이나 되는 많은 수험생들이 그들의 젊음을 불태웠던 결과가 한 장의 성적표에 기록되어 학생들에게 전해진다. 그에 따라 희비가 갈라진다. 올해는 사상 최대의 수험생이 시험을 치렀기 때문에 경쟁률도 극심할 터이다. 고3 아이들을 생각하면 암담하다. 본격적으로 정시에 대한 대비를 해야 하기 때문이다. 자신의 수능 점수가 수시 최저 등급을 통과했는지 알아봐야 하고 그런 다음 정시 가, 나, 다 군에 합격 가능한 대학을 찾아야 한다.

불안한 학부모와 수험생들의 심리를 달래려다 나온 지나친 행동일까. 그동안 두 장면이 유난히 내 시선을 붙들었다. 하나는 흔히 장판지라고 하는 대학 배치표가 각 고등학교에 일제히 보급된 것이고, 또 하나는 유력한 중앙지가 전국 고등학교를 학력시험에 따라 서열화한 기사였다. 서열화에 대한 우려가 이렇게도 빨리 나타났기에 당혹스러웠다.

먼저 첫 장면이다.

유력한 사설학원을 중심으로 각 대학을 서열화한 배치표가 수능 성적이 발표되면 불과 2, 3일 이내에 일제히 각 고교로 배부된다. 배치기준점을 알고 원서를 쓰면 훨씬 합격할 가능성이 높다. 그러니 언뜻 보면 진학지도를 손쉽게 할 수 있기에 고3 담임들은 아쉬운 대로 배치표에 손이 간다.

광범위하고 실질적인 자료를 바탕으로 수험생들에게 정확한 정보를 제공한다면 합격은 따 놓은 당상이 될 터.

하지만 반드시 그렇지 않다. 그리고 후폭풍도 만만치 않다. 당장 각 대학이 서열화 된다. 그뿐 아니라 한 대학 내 학과도 서열화 된다. 적성을 찾아 자기가 좋아하는 학과에 진학한 학생들이 점수로 분류되는 어이없는 일이 발생하고 대학마다 특성화를 추구하던 전형 방법도 무위로 돌아갈 수 있다. 결코 대학에서 원하는 일은 아니다.

이미 사설학원 배치표는 유야무야되고 있음에도 학교 현장에서는 아직도 배치표에 크게 의지한다. 헛웃음이 나온다.

두 번째 장면이다.

전국적으로 일제히 실시된 전국학력고사 결과를 분석했다. 그런데 그 결과를 인용하여 발표한 기사가 참으로 가관이었다. 모 일간지는 용감하게도 전국 고등학교를 서열화하여 발표했다. 그러자 재빨리 그 결과를 학교 홍보에 이용하는 학교가 생겼다. 충분히 예상된 일이다.

성적이 좋은 학생들이 입학하면 좋은 결과가 나오는 게 당연한데도 사람들은 그렇게 생각하지 않는다. 전국적인 일제 평가에 대해 백 번 양보하여 기초학력에 미달하는 학생들에게 그들의 학력을 평균 수준으로 끌어올리고자 실시했다고 긍정적으로 생각할 수 있는 보도는 아니다.

꼭 서열을 매겨야만 속이 시원한가 보다. 자기 위치를 거듭 확인하고 싶은 욕망이 지속적으로 발현되기 때문일까.

내가 나온 대학이 현재 몇 위이고, 고등학교가 전국 몇 위인지가 그렇게 중요한가.

최근 특목고나 자사고가 미달이 되었다는 소식이 들린다.

열풍이 잠잠해진 것일까. 분명 이 정권이 추진하던 교육 정책이 실패했다는 반증이다. 이런 현상이 대학 입시와 관련한 발 빠른 학부모들의 움직임에서 비롯됐다는 것이 불편하다. 재빨리 유·불리를 계산한 결과이지 않은가.

우리 교육은 미래 생명을 가르치는 확고한 교육 정책에 따라 움직이는 것이 아니라 일부 학부모들이 흔들어대고 있으니 안타깝기만 하다.

대화가 필요해

금요일 오후, 징검다리 연휴를 즐기는 이들로 고속도로는 벌써 정체다. 조금 일찍 나왔는데도 이 모양이다. 오늘은 광주 이천 지역 선생님들과 만나 이야기를 나누기로 한 날이다. 현장 교사들과 함께 대화하고 그들과 생각을 나눈다는 사실로도 즐겁기에 기꺼이 강연을 하기로 했다. 그날이 바로 오늘이다.

5월은 그럭저럭 몇 번의 강의가 잡혀 있다. 매번 학부모, 학생들 앞에 설 때면 까닭 모르게 신난다. 내가 알고 있는 정보를 모두 나누어주고 나올 때의 만족감. 아낌없이 방전된 즐거움이 이런 것이 아닐까. 이것도 카타르시스 일종이리라.

그래도 다행스럽게 시간에 늦지 않았다.

그런데 이상하다. 학교가 조용하다. 평일인데도 학생들이 없다. 당혹감. 마치 어린 시절. 아무도 없는 운동장을 홀로 가로질러 가는 긴장감. 무언가 어울리지 않은 장소에 혼자 버려진 느낌. 이건 뭐람.

"왜 학생들이 하나도 없죠? 시험 기간인가요?"

"수학여행 돌아오는 날이고 체험학습 있는 날이라 학교가 비었어요."

아이들은 보지 못했지만 오늘 약속한 선생님들은 제 시간에 맞추어 오신다. 모두들 참 바지런하시다. 이런 날이면 일찍 집에 가고 싶을 텐데.

"매주 금요일 저녁마다 모여 공부했어요."

요즘 들어 학교에는 교사들 공부 모임이 부쩍 늘어났다.

도교육청에서 적극적으로 유도하고 지원하는 면도 있지만 교사들 스스로 함께 모여 공부해야만 한다는 의식이 퍼져 나갔기 때문이다. 과거처럼 구태의연한 모습으로는 교단에 설 수 없다. 어쨌거나 변화가 오기는 오나 보다.

오늘 모임은 최근 교과부에서 의욕을 갖고 구성한 진로진학 상담교사들 연수였다. 진로진학에 대한 인식이 높아가면서 각 학교마다 한 사람씩 배치하겠다고 공언해서 선발한 바로 그 분들이다.

"언제 발령 나시는 게 좋을까요?"

기다림에 지쳐서일까. 9월에 나면 좋겠다고 한다. 하긴 그렇다. 현재 근무하고 있는 학교에서는 이도 저도 아닌 존재. 어떤 역할을 할 수도 없으니 빨리 새 학교에 가서 본연의 일을 하고 싶을 것이다.

"하지만 선생님. 학생이나 학부모들은 어떤 기대를 갖고 있지 않을까요? 추천서나 자기소개서 등 아쉬운 부분을 해결해 줄 선생님이 우리 학교에는 계시다는 생각으로 물밀듯 도움을 요청하지 않을까요? 그러면 어떻게 하실 건가요?"

본격적으로 토론이 시작되었다.

나도 이젠 토론의 끝이 어디에서 멈출지 모르겠다. 밥을 먹으면서도, 차를 마시면서도 그냥 그대로 강의이자 토론이자 연수가 이어졌다. 어디 있든 그 자리가 바로 교실이었고 토론장이었다.

그날 마지막은 결국 업무경감 방안으로 흘러갔다. 업무 경감하라고 내려가는 공문조차 새로운 업무가 되어버리는 현실. 그래서 현장 교사가 중요하다. 그 자리에서 구태를 깨지 않으면 업무는 계속 쌓여버린다. 모두들 고개를 끄덕인다. 대화는 이렇게 소중하다. 이 자리에서 주고받은 말이 어느 누군가에게는 소중한 거름이 되고 있을 것이다. 그렇게 모임은 끝났다.

들불이 되어

'다른 반 학생들의 출입을 금함'

딱딱하고 굵은 활자체가 눈을 부라리는 고3 교실 문 앞에서 서면 저절로 한숨이 나온다. 입시 앞에는 아무리 활기찬 아이들이라도 주눅 들게 마련이다. 올해는 더할 것이다. 수시 지원 제한과 함께 수시 추가합격자도 정시에 지원할 수 없는 규정 때문에 아이들이 신중하게 지원을 해야 하기 때문이다.

곧 중간고사가 치러진다.

3학년이 되어 치르는 첫 중간고사는 중요한 의미를 지닌다. 아무리 올해 대학 입시에서 수능의 비중이 높아졌다고 하지만 내신이 반영되는 전형에서는 결정적인 역할을 하게 된다. 더구나 중위권 학생들에게 내신은 중요한 경쟁력이다.

"시험범위가 어떻게 되요?"

"어려워요? 쉬워요?"

"쉽게 내 주세요."

중간고사가 가까워지니 질문이 쏟아진다. 쉽게 내달라는 애교 섞인 투정에서부터 시험 유형이 어떻게 되는지를 묻는 구체적인 질문에 이르기까지 틈틈이 짬짬이 말이 많다.

2학년 때까지만 해도 여정이는 참 밝았다.

해맑은 표정으로 주위를 환하게 만들었다. 웃음이 잦았고 꿈이 무척이나 컸다. 그러나 3학년이 되어 얼굴에 웃음이 사라지고 대신 걱정스러움이 잔뜩 묻어 나왔다.

"대학에 가고 싶어요. 그런데 무얼 준비해야 할지 모르겠어요. 자신도 없고, 언어영역 성적도 자꾸만 떨어져요."

"너무 조급하게 생각하지 말자."

"아슬아슬하게 등급이 밀릴 때에는 너무 억울해요."

수능이나 내신이나 모두 등급으로 표기되다 보니 급간 최고점과 최저점은 결국 같은 등급이 된다. 이 경우 소점(100점 만점의 점수)은 별 의미가 없다. 그러나 구분 점수에 약간 못 미치는 경우는 등급이 달라져 손해를 보게 된다. 여정이가 억울해 하는 것도 바로 이런 까닭이다. 아차, 실수하면 손해가 여간 크지 않기에 더욱 불안하다는 것이다.

대학별 고사는 더 큰 무게로 다가온다. 우리 아이들은 오늘도 내신과 수능, 대학별 고사라는 무거운 짐을 지고 날개를 힘겹게 휘저으며 자신의 꿈을 향해 날아오르고 있다.

　이런 아이들에게 교사가 할 수 있는 일은 무엇일까.
　왜곡된 교육 구조를 바꾸는 일이다. 질곡의 틀을 부수어 우리 아이들이 자유로울 수 있도록 만들어 주는 것이다. 혁신학교 실험이 결코 실험으로 끝나서는 안 된다. 들불이 되어 온 나라에 타올라야 한다. 더 큰 사고를 바탕으로 더 넓은 세계로 훨훨 날아갈 수 있도록 해야 한다. 아이들이 갇혀 있다면 교사들도 역시 같은 틀 속에 갇혀 있다.

'만든다' 와 '돕는다'

"우리가 이 단원에서 주목해야 할 단어는 '만든다' 와 '돕는다' 예요. 언뜻 같아 보이지만 주체를 생각한다면 분명 큰 차이가 있어요."

온 배움터(녹색대학교) 생태교육학과 수업은 매주 주말에 진행된다. 지난 9월부터는 일요일 오후에 서울에서 모인다. 서로들 피곤하고 바쁜 일정을 꿰맞추기가 너무 어려워 아예 약속이 별로 없을 시간대인 오후 3시에 이곳에 모인다.

정보영 샘(생태교육연구소장)이 진행하시는 생태교육학은 길버트 하이트의 '가르침의 예술' 을 주교재로 삼는다. 오늘은 '훌륭한 교사의 교수법' 이 주요 내용이다.

"교사를 육성하고 고용하는 진정한 목적은 학생이 공부를 하도록 '도우라' 는 것이다. 그들이 반드시 공부를 하도록 '만들' 필요는 없다."

58

교직에 갓 발을 들여놓았을 때였다.

강릉의 한 여고에 근무했다. 사립인 그 학교는 화가, 시인 등 예술을 사랑하는 분들이 모여 있었다. 그 분들은 매일 저녁 모여 여러 문제를 고민했다. 나는 그 분들의 대화를 들으며 생각을 넓혔다. 많이 배웠던 시절이다. 그때가 마침 전교조가 태동되던 시기라 학교에는 교육담론이 넘쳤다. 그 중에도 우리가 연일 격론을 벌였던 것은 '가르치는 것인가, 기르는 것인가' 라는 접근 방법이었다.

우리는 아이들을 만들기 위해 애쓴다.

특히 입학사정관제 실시로 초, 중, 고에서는 이른바 '스펙'을 쌓아가며 아이를 한 유형으로 만들기 위해 애쓴다. 미래형 인재를 '선발' 하기 위한 입학사정관 본래 취지와 어긋나는 모습이 벌써 나타나고 있다. 몇 십만 원, 몇 백만 원하는 스펙 쌓기 사업이 은연 중 퍼지고 있다.

독서가 중요하게 언급되니까 의도적으로 아이들에게 책 읽기를 강요해서 독서 스펙 역시 만들어 주고 있다. 봉사 활동은 이미 본래 의미를 벗어나 시간 채우기에 급급해 한다. 모두 '만들다' 의 병폐가 만들어낸 모습이다. 공부도 억지로 만들어간다. 지나친 한국 교육열이 만들어낸 교육 병폐이다.

할머니와 함께 공원을 산책하러 나온 꼬마가 있었다.

약간 높은 언덕을 올라간 꼬마는 아래 잔디밭으로 뛰어 내려갔다. 할머니는 잔잔한 미소로 아이를 지켜보고 계셨다. 넘어져도 거듭 일어나던 꼬마는 다시 언덕에 올라가더니 아래로 넘어지지 않고 내려왔다.

스스로 대견했던지 꼬마는 소리 높여 외쳤다.

"드디어!!"

비로소 할머니는 아이 손을 잡고 등을 토닥여 주셨다.

하이트는 우리에게 학생을 도와주도록 부탁하고 있다.

한 발 비켜서서 아이가 자기 꿈을 이루기 위한 노력을 도와주라고 말한다. 얼른 손을 내밀기보다는 아이 스스로 생각할 시간을 주는 게 좋다.

우리는 시간이 없다는 핑계로 바로 답을 준다.

그리고 그대로 하라고 한다.

이렇게 되면 우리 아이들은 하이트는 우리에게 학생을 도와주도록 부탁하고 있다.

한 발 비켜서서 아이가 자기 꿈을 이루기 위한 노력을 도와주라고 말한다.

얼른 손을 내밀기보다는 아이 스스로 생각할 시간을 주는 게 좋다. 주체적으로 성장하지 못한다. 스스로 생각할 시간을 갖지 못한다. 많은 생각을 하고 스스로 부딪히면서 아이들은 성장한다.

아이들은 자기 모습으로 성장하고 싶어 한다.

모두가 똑같다면 세상은 얼마나 단조로운가.

다양한 아이들이 다양한 세상을 만들어가는 사회야말로 무지개처럼 아름다울 것이다.

보편적 교육복지

새해가 밝았다.

무수한 덕담을 실은 전파가 어둠 속을 가로지른다. 서로 사랑하는 이들을 향한 따뜻한 마음은 여전히 남아 있다. 훈훈하다.

자아에 대한 가치를 잃어버린 결과가 얼마나 비극적이었는지 모두들 공감할 것이다. 입시라는 커다란 괴물이 조종하는 대로 살아야 했던 우리 아이들이 학교를 벗어나서는 얼마나 물질 지향적이 되는지, 타인에 대한 배려에 얼마나 서툰지 사례를 숱하게 보았지 않은가. 분명 가르치는 이들이 진지하게 고민해야 할 부분이다.

인간에 대한 고민, 생명에 대한 존중 등이 청소년기에 형성되지 않는다면, 측은지심惻隱之心이라는 심성이 이때에 형성되지 않는다면 우리의 미래는 얼마나 암담할 것인가.

그러나 자아에 대한 가치가 자신을 향한 것이라면 '보편적 교육복지'는 밖을 향한 개념이다. 복지에는 보편적 복지와 선택적 복지가 있다. 선택적 복지가 복지 혜택을 특정 계층으로 한정하는 개념으로 시혜적 접근이라면 보편적 복지는 국민 모두를 대상으로 복지 혜택을 주는 개념이다. 이는 사회적 투자로 볼 수 있다.

극단적으로 '나'에게 당장 아무런 영향이 없다 하더라도 언젠가는 혜택을 입을 수 있다는 전망이 전제가 되는 것이다. '보편적 교육복지'란 그 범위를 교육으로 한정한 개념이다. 교육청이 적령기 모든 청소년들에게 똑같은 교육 기회를 제공하고 그 안에서 자신의 개성을 발현할 수 있도록 도와주는 것이다.

미래를 생각한다면 당연한 투자다. 이제는 우리의 경제력이 이 정도는 되지 않은가. 같은 교육 마당에서 아이들이 교육받고, 그 속에서 자신의 능력을 키워야 한다. '무상급식'은 아주 사소한 출발점일 뿐이다. 그럼에도 이 작은 일조차 강력한 반대에 부딪히고 있지 않은가.

경기도 진학지원센터가 12월 정시를 앞두고 대입상담박람회를 개최했다. 이때 만난 한 학부모님의 말씀이 인상적이었다.

"상위권 아이들은 상담할 곳이 많아요. 사설학원 같은 데서도 그 아이들에 대한 정보는 풍부합니다. 학교에서도 관심이 많고요. 하지만 중하위권 아이들은 정보를 얻을 곳조차 없습니다. 학교에서도 성의 없이 상담할 경우가 많죠. 학부모 입장에서도 어디 가서 상담하기도 어려워요. 그런데 오늘은 우리 같은 중하위권 아이들에게는 너무나 좋은 기회입니다. 고맙습니다. 앞으로 이런 행사 많이 해주세요."

스스로 해결할 수 있는 아이들을 위한 교육정책은 생색내기용으로 그칠 때가 많다. 할 이유도 딱히 없다. '보편적 교육복지'는 그렇지 않다. 결국 우리 미래를 위한 '공정한 교육'이다. 공교육이란 모든 청소년들이 '공정한 교육'을 받아 자신의 재능을 공화국을 위해 투자하도록 하는 것이다. '공정한 교육'에 대한 투자야말로 우리 전체의 미래에 대한 투자다.

연수는 '변화'다

한 달 동안 연수를 세 번 했다.

혁신학교 연수, 전국진학교사협의회 연수, 그리고 온라인 연수. 결론부터 말하자면 두 번은 즐겁게 참여했고, 한 번은 백 번 후회했다. 혁신학교 연수는 즐겁게 참여하며 감동을 받았고, 전국진학교사협의회는 하루 전부터 준비를 하면서도 피로를 몰랐다. 반면에 온라인 연수는 몇 번 포기할까 망설이다가 마침표를 찍고 싶어 마지못해 응시했다. 그런데 이 중 '교사이력서'라고 할 수 있는 '교원인사기록카드'에 올라가는 연수는 온라인 연수밖에 없다.

교사는 방학이 있어 좋겠다고 말한다.

실제로 방학이 있어 좋다. 다른 사람들에 비해 정기적으로 자기시간을 마련할 수 있기 때문이다. 이 기간을 유용하게 활용한다. 미뤄둔 개인 볼일을 보기도 하고, 더 나은 삶을 위해 투자하기도 한다. 많은 교사들은 효과적인 교수법을 연구하며 연수를 신청한다.

굉장히 많은 연수가 있지만 크게, 자발적으로 진행되는 연수와 의무적으로 하는 연수로 나눌 수 있다. 8월 중 참여한 세 연수 중 앞의 두 연수는 자발적인 연수라면 뒤 연수는 의무적으로 참여했다.

혁신학교 연수는 8월 초, 그것도 토요일과 일요일에 진행됐다.

새로운 학교를 만들자고 모인 교사들을 중심으로 진행했다. 장마 끝이고 휴일에 진행됐음에도 불구하고 전국에서 많은 교사들이 모였고, 저녁 늦은 시각까지 열기가 넘쳤다. 그만큼 새로운 학교에 대한 교사들의 열망이 간절했음을 말하고 있다. 물론 이 연수는 승진과는 아무런 관계가 없다.

전국진학교사협의회가 주최한 수시모집 관련 연수 역시 마찬가지다.

'놀토'라고 하는 4주차 토요일에 진행이 되었고 오전 10시부터 저녁 9시까지 이어졌다. 그럼에도 불구하고 참여한 교사들의 눈빛은 빛났다. 전국진학교사협의회(전진협)는 입시 정보에 목마른 교사들이 조직하였다. 연구전문위원으로 연수국에 소속된 관계로 하루 전에 모여 준비를 하고 다음 날 새벽부터 몰려드는

화물을 정리하느라 아침도 걸렀지만 마음은 가벼웠다. 8시가 되자 전국 각지에서 몰려든 교사들로 초만원이었다. 신청한 교사들 대부분이 참석한 놀라운 출석률이다.

반면에 온라인으로 신청한 연수는 4학점을 주고 1년에 2회이상 이수해야 하는 의무 연수에 속한다. 시험도 치고 승진 점수에 반영되기도 한다. 그런데 이 연수를 신청하고 진행하면서 후회를 많이 했다. 오래 전에 녹화된 강의는 그 사이 바뀐 내용을 반영하지 못했다. 강사들도 그냥 자료를 읽었다. 굳이 강의를 들을 필요 없이 자료만 보면 될 정도다. '울며 겨자 먹기'로 강의를 들으면서 이 강좌가 무슨 도움을 줄 수 있을지 의아했다.

연수는 변화다.

연수를 하는 사람들은 변화를 갈망하고 모여든다. 요구에 부응하지 못한다면 연수는 아무런 의미를 줄 수 없다. 오히려 낭비가 된다. 낭비적 요소는 과감하게 버려야 한다. 그것이 혁신이다. 무분별하게 개설된 연수 강좌는 승진제도와 밀접한 관련이 있다. 정작 교사들이 열정적으로 참여하는 연수는 예외가 된다. 교육 현장을 구태의연함에서 바꾸려면 형식적인 연수가 아닌, 변화를 줄 수 있는 열정적인 연수를 적극 지원하면서 시작해야 한다.

우리 다시 시작해 볼까

박수가 쏟아졌다. 근래 이렇게 감동적인 연수가 있었던가.

경기도는 물론이고 강원도에서, 울산에서 누가 시키지 않아도 말복 폭염을 뚫고, 귀한 토요일, 일요일을 고스란히 바치면서 230여 명의 교사들이 학교 혁신, 수업 혁신의 물꼬를 트기 위해 자발적으로 모여들었다.

교장의 리더십으로 혁신학교가 발현되는 모습을 보고, 또 교사들이 주축이 되어 교실 현장이 바뀌는 모습을 보자 모두들 일제히 박수를 친다. 오래 묵힌 현장 교육에 대한 불만이 열정적인 교사들을 만나 감동으로 변했다.

이 연수에는 새로운 학교를 꿈꾸는 젊은 교사들이 모여 사례 발표를 듣고 토론하며 스스로를 다짐하였다. 이미 혁신학교로 어느 정도 성과를 이뤄낸 학교 교사들이 발표자로 나와 자기 경험을 말했다. 교사를 바꾸고 학교를 변화시키는 그간의 과정이 힘들었다고 했지만 얼굴은 행복해 보였다.

저렇게 환한 교사들의 모습을 본 것이 언제던가. 행복하다고 고백하게 만드는 힘은 어디에서 나오는가. 연수기간 내내 내 머릿속에서는 이런 의문이 떠나지 않았다.

요즘 학교 현장은 매우 팍팍하다. 갈수록 여유가 없다.

아이들은 아이들대로 숨 막혀 하고 학부모들은 또 그들대로 학교가 못마땅하다. 이런 틈바구니에서 교사들이라고 행복하겠는가. 피곤함에 절어 있다.

학교 현장의 세 주체가 모두 힘들어하는 곳이 학교다. 어느새 아이들이나 교사나 가기 싫은 곳이 학교이니 이곳에서 올바른 교육이 이뤄지겠는가. 비록 몸이 힘들더라도 즐거움이 있다면 교육은 이루어진다. 혁신학교를 확산해야 한다.

내 판단이 이렇게 굳어지는 것을 알았는지 오랫동안 학교 혁신에 몸담은 어느 교사가 날카롭게 죽비를 내리친다.

"혁신학교가 새로운 학교로 인식되면 곤란합니다. 혁신학교니까 뭔가 특별하다는 인상을 주게 되면 결국 특별한 학교로 받아들여지고 우리가 바꾸고 싶은 학교문화에 대한 소망은 사라지게 됩니다. 저는 혁신학교는 결국 학교를 정상으로 되돌리는 것이라고 생각합니다. 그것은 특별한 누군가가 하는 것이 아니라 바로 여기 있는 여러 선생님들이 바로 그 자리에서

해야 합니다."

나 역시 혁신학교는 특별한 학교라고 생각했다.

지금 내가 있는 학교와는 다르다고 여겼다. 그래서 혁신학교가 잘 되길 바라고 그들의 모습을 부러워했다. 정작 지금 바로 이 자리에서의 변화는 생각지 못했다.

나를 바라보고 있는 이 아이들, 얼마나 귀한 생명인가. 그럼에도 눈을 감고 있었다. 모른 척하고 있었다. 한 학기가 다가도록 아이들에게 정을 주지 못했다. 그래서 수업은 갈수록 힘들었고 짜증만 늘었다. 매일 아침 출근이 큰 부담이었고 하루가 힘겨운 시간들이었다. 마음을 열 수 없었다.

'그래, 나는 나쁜 교사다. 게으른 교사다. 귀한 생명을 실족하게 하는 교사다. 이제 거듭나자. 새롭게 태어나자. 경력만 앞세우고 선배라는 껍질에서 안주한다면 나는 점점 단단한 껍질에 둘러싸일 것이다. 지금이 기회다.'

아이들에게 눈을 맞추며 말해야겠다.

'얘들아. 우리 다시 시작해볼까.'

이음새 하나가 천년을 가는 겨

몇 년 전 아내는 '명품학교 만들기' 라는 공문서를 꺼내놓고는 밤을 샜다. 조용한 밤에 식탁 쪽에 불이 밝아 나가보면 아내는 식탁에 여러 자료를 펼쳐놓고는 밤을 하얗게 밝힌다. 도움을 요청하지만 짜증부터 났다. '명품' 이라는 어휘가 주는 교묘한 이면이 자꾸 눈에 거슬렸기 때문이다.

그럴 때마다 아내는 원망의 눈으로 나를 본다. 올해 그 업무를 맡아 안 그래도 부담이 큰데 남편이 자꾸 옆에서 바가지를 긁으니 그 속이 오죽하랴. 하지만 그 놈의 '명품학교' 라는 말을 볼 때마다 속이 뒤집히니 나도 환장할 노릇이었다.

'교육브랜드화를 통한 명품학교 만들기'
정확한 명칭은 이렇게 장황하다. 그러나 이는 그대로 우리의 교육 현실을 보여주는 멋진(?) 말이다. '브랜드' 라는 그럴싸한 외래어로 상품성을 교묘히 포장하고 우리 사회의 명품

지향성에 맞추어 그럴싸한 경쟁 논리를 숨긴 무서운 말이지만 많은 학부모들을 현혹시키기에는 충분하다.

이미 상품으로 내놓은 제품은 소비자의 선택을 기다려야 하고 소비자의 취향에 맞춰 온갖 변신을 주저 없이 해야 한다. '브랜드'라는 어휘를 전면에 내거는 순간 교육은 교육이 아니라 하나의 상품으로 소비자에게 다가간다.

그런데 그 상품성에다가 '대한민국 1%'의 취향에 맞춰야 하는 '명품'이라는 용어는 교육을 경쟁의 최전방으로 내몰고 만다. 상품은 광고를 필요로 한다. 광고는 자랑이다. 자랑 거리를 만들어야 한다.

그러나 그 자랑은 소비자의 취향에 맞아야 한다. 그래서 소비자의 취향을 의식하는 상품은 상품으로서의 고유 가치를 잃어버리기 쉽다. 마찬가지로 명품학교는 대외 과시의 화려한 자랑거리를 자꾸 만들어야 한다. 이렇게 하다 보면 정작 중요한 학생들의 생명 가치는 어디론가 사라지고 만다.

그 당시 '이 사람아, 이음새 하나가 천년을 가는 겨'라는 광고 카피가 나오기도 했다. 이음새 하나도 귀히 여기는 옛 장인의 목소리가 우렁찼다. 이렇게 천년을 가는 건물을 만들기 위해 이음새 하나까지 허투루 보지 않는 정신이 곧 장인정신이다.

교사들도 마찬가지다.

교사의 눈앞에 있는 아이들은 천년을 가야 할 건물이기 때문이다. 건물은 쓰임새에 따라 모양이 다르다. 자연과 조화를 이루며 은둔 처사들이 기거하는 오막살이가 있는가 하면 고대광실의 화려한 저택도 있다.

그런데 과연 오막살이를 지향하는 명품학교가 있을까. 아니 오막살이는 짝퉁이고 저택은 명품이라는 구분이 과연 성립하는가. 남의 눈에 잘 띄게 하다 보면 궁벽한 산 속에도 저택을 지어야 한다. 그러다 보니 행여 굽은 재목을 만나면 눈살을 찌푸리지는 않을까. 정말 장인이라면 굽은 소나무로도 멋진 기둥을 만들어 천년을 가는 건물을 세워야 하는 법인데.

이제 그 명품학교는 모두 이름을 바꾸었다. 그러나 아직도 그 때의 마음을 가진 사람이 있다면 다시 생각해야 한다. 명품학교에 다니지 못하는 학생들은 어쩔 수 없이 짝퉁이 되고 마는 것은 아닌지. 그 명품이 사회 1%가 되어 99%를 손가락질하고 구박하는 것은 아닐지 온 몸이 오싹거린다.

적극적인 학교 활동으로

"아쉬움 없이 모두 털어버려라."

행사가 많은 5월이다. 긴장의 끈을 늦출 수 없는 고3 아이들에게도 교내 행사는 빗겨가지 않는다. 중간고사가 끝나고 체육대회, 체험활동이 이어지고 소소한 교내 대회도 다양하게 열린다. 다양한 활동은 아이들을 활기차게 만들기도 하지만 마음이 바쁜 고3들에게는 부담을 주기도 한다.

"이런 행사가 있을 때 스트레스를 모두 날려버릴 수 있도록 미친 듯이 활동하는 편이 좋아. 이것도 아니고 저것도 아니면 오히려 진한 아쉬움이 남게 되지. 몸의 에너지를 모두 쏟아버리는 편이 더 좋아."

지친 표정으로 나를 바라보는 아이들에게 이런 말을 하니 의외라는 표정이다.

지금까지 만난 고3 아이들은 중간고사까지 열심히 공부를 하다가 그 이후에 흔들리는 경우가 많았다. 팽팽한 긴장감으로 시험을 치르고 나서 오는 순간적인 허탈감과 5월의 각종 행사가 만나면서 학생들은 자칫 리듬을 잃어버린다. 허겁지겁 교내 행사와 각종 기념일을 좇다 보면 어느새 5월은 훌쩍 넘어가고 평가원에서 시행하는 6월 모의고사를 바로 앞에 둔다. 6월 평가원 시험에는 다수의 졸업생들이 참여하다보니 재학생들은 등급이 밀리는 경우가 많다.

그제야 정신이 번쩍 난다. 하지만 이미 체력적으로 한계에 다다른 학생들은 긍정적인 사고보다는 부정적인 결과를 더 의식하게 된다. 점점 더 어렵고 힘든 수험생활이 눈앞에 펼쳐지는 것이다. 오히려 행사에 더 적극적으로 참여하여 수험에 대한 부담을 털어버리면 새롭게 출발할 수 있다. 공부도 심리적인 요소가 많기 때문이다.

"그러니 오히려 신나게 뛰어보는 것이 어떻겠니?"

교내 체육대회를 앞두고 응원을 하는 사람은 열심히 응원을, 경기에 참여하는 사람은 또 경기에 열심히 참여하자고 했다.

"소리도 지르고 미친 듯이 춤도 추면서 내일 하루는 모든 것을 다 쏟아내렴. 우리가 평소에는 교실에서 할 수 없잖아. 하늘에 대고 힘껏 함성을 지르는 거야. 어때?"

3학년이라고 해서 학생생활을 소심하게 할 필요가 없다.

자신감이 있는 학생일수록 적극적으로 학교생활을 하고 또 그런 학생들이 자신감을 갖게 된다. 행사가 많다고 투덜대다 보면 이것도 안 되고 저것도 안 된다. 오히려 스스로 행사를 재미나게 구상도 하고 다른 친구들과 함께 준비를 하면서 사고의 폭을 넓힐 수 있다. 사실 이런 부분이 실제 입시에도 도움이 된다. 창의성은 교과서 공부만 열심히 해서는 키울 수 없다.

"쉬는 시간에 아이들이 머리를 맞대고 의논했어요. 내일 체육대회를 어떻게 하면 멋지게 할까. 선생님 말씀대로 모처럼 신나게 할 거예요. 그렇게 하루를 보내고 다음 날부터 또 열심히 공부할 거예요."

아이들의 얼굴에 생기가 돌기 시작했다.

절실한 인연

낮의 햇살은 넉넉한 마음속으로 파고든다.

벌써 낮 최고 기온이 3월 하순과 같다고 하니 올해 봄은 유난히 성미가 급한가보다. 성큼성큼 내디디는 발걸음이 무척이나 가볍다. 햇살 따스한 교정의 의자에 앉아 새 학기 수업 구상을 한다. 남들이 보기에는 여유로운 시간을 보내는 것 같지만 머릿속은 전혀 그렇지 않다. 이 기간 동안 준비를 잘 해야 학생들에게 충실한 수업을 할 수 있기 때문이다.

매년 묻고 묻는 질문이지만 아직도 그 답을 잘 모르겠다.

'무엇을 가르칠 것인가.'

단순히 교과서의 내용만 가르치기에는 세상은 그리 녹록치 않다. 우리 아이들에게 닥쳐올 인생의 파도가 그리 만만치 않은데 헤엄치는 방법도 모르는 채 바다로 내보낼 수는 없지 않은가.

생각이 꼬리에 꼬리를 문다. 내가 가르치는 것이 늘 최선이었던가. 결코 아니다. 더 좋은 방법이 있을 것이고 아쉬운 점은 늘 남게 마련이다.

의외로 많은 학부모들이 인성교육에 관심을 갖고 있었다.

수업만 잘하는 교사보다는 아이의 심성과 인성을 키워줄 수 있는 가르침에 목말라 하고 있었다. 좋은 대학 진학만이 목표가 아니다. 자신의 삶을 충실하게 키워나갈 수 있는 방법을 배우기를 갈망하고 있었다.

그렇다면 정말 무엇을 가르칠 것인가.

햇살이 무척이나 좋았기 때문인지 나무 위에 새 두 마리가 노래 삼매경에 빠져 있다. 한 녀석이 목소리를 높이니 다른 녀석도 이에 질세라 더 크게 지저귄다. 의자에서 일어나 교정을 거닌다. 이제 며칠 후면 다양한 꿈을 지닌 아이들이 이곳을 걸을 것이다. 어떤 녀석은 들뜬 기분을 주체하지 못하여 춤추듯 뛰어다닐 것이고 또 어떤 녀석은 아지랑이처럼 온 몸을 흔들며 꿈을 키우겠지.

학교에는 비슷한 나이 때의 아이들이 모여들지만 그 꿈은 다양하다.

그 다양한 꿈들이 모여 학교는 아름다워진다.

"아이들을 맞이하는 마음으로 새 학기를 준비하세요. 어떤 선생님은 새 학기가 시작되기 전에 책상에 아이들 이름을 다 붙여 놓았다고 해요. 새 교실로 들어온 아이들이 자기 이름표를 보고 제 자리를 찾아 들어가게 해서 첫날 아침이 그리 큰 혼잡이 없었다고 하더라고요. 깨끗한 교실로 아이들을 맞이하면 좋 겠군요."

새로 담임이 되신 선생님들께 이렇게 부탁드렸다. 교사가 준비하고 아이들을 맞이하면 아이들은 쉽게 안정감을 찾게 된 다. 그러나 급하게 시작하면 아이들도 알 수 없는 불안감에 휩 싸이게 된다.

어쩌면 이 아이들은 일생에 한 번 나를 스치는 인연일 수도 있다. 그러나 그렇기 때문에 더욱 소중하다. 다시 되돌릴 수 없는 한 번이라서 더욱 절실하다.

이제 그 절실한 인연이 막 시작되려고 한다.

운동장을 뛰노는 봄바람에게 미소 한줌 보내고 걸음을 옮겼다.

제 삶의 주체가 되는 교육

최근 교육 화두는 단연 '창의성'이다. 이는 새로운 방식으로 문제 해결을 도모할 때라야 가능하다. 그러나 실제 우리 학생들이 그런 기회를 갖기란 만만한 일이 아니다. 설령 있다고 하더라도 당장 시험을 눈앞에 두고 쉽사리 도전하기도 어렵다. 새로운 아이디어가 샘솟듯 나오는 것은 아니다.

창의성이 발현되기 위해서는 여유로운 시간, 인내심, 그리고 영감을 자극시키는 존재가 있어야 한다.

먼저 꽉 짜인 틀에서 벗어나 자기 마음대로 해볼 수 있는 시간이 필요하다.

틀에서 벗어나 제 멋대로 운영할 수 있는 시간이 생긴다면 아이는 우선은 자기가 하고 싶은 일을 할 테고 그 다음부터는 무엇을 해야 할지 몰라 불안해한다. 이때 어른들은 꼭 한 마디씩 한다.

'가만히 있지 말고 무언가를 하렴.'

지금까지 시키는 것만 하던 아이가 갑자기 '무언가'를 할 수 있다고 믿는가. 아이는 더 큰 불안에 싸인다. 지금까지 틀 속에 갇혀 지낸 습관을 버리기 위해서는 금단 증세를 극복해야 한다. 이 기간이 얼마나 될지는 모르겠지만 그래도 그 시간이 지나면 아이들은 조심스럽게 제 스스로 계획을 세우고 실행을 하게 된다.

작은 성취감이 계속 쌓이다보면 마침내 아이들은 자기 인생을 주체적으로 바라보게 된다. 흔히 말하는 '엉뚱한 생각'은 이렇게 나타난다.

다음 필요한 것은 인내심이다. 아이 본인은 물론이지만 주위에서 지켜보는 이들 역시 인내심을 가지고 지켜보아야 한다. 섣불리 도와주겠다고 나서다가는 지금까지 노력은 물거품이 되기 십상이다.

물이 끓기 위해서는 임계점에 도달해야 한다. 임계점이란 끓어 넘치는 한계점을 말한다. 물은 $100°C$에서 끓는다. 아무리 물 온도가 $99°C$까지 올라갔다고 해서 끓는 것은 아니다. $1°C$ 차이는 별로 크지 않다. 하지만 $1°C$~$99°C$까지의 $1°C$와 $100°C$의 $1°C$는 매우 큰 차이가 난다.

아이들의 성장 임계점 역시 마찬가지다. 임계점에 도달하기까지 아이들의 변화는 눈에 띄지 않는다. 이 순간 많은 이들은 참지 못하고 인위적인 변화를 도모한다. 스스로 변화를 이루지 못한 아이들은 변화로 인한 성취감을 느끼지 못한다. 결국 실패에 대한 두려움만 쌓여 새로운 도전을 힘겨워 한다.

마지막으로 중요한 것은 아이들의 영감을 자극하는 존재다.
이 존재는 영성이라고도 할 수 있다. 깨달음, 또는 감동이라고도 할 수 있는데 교육 현장에서 교사와 아이들을 근본적으로 성장하게 도와준다.
이는 사람과 사람 사이에서만 생기는 것은 아니다. 책을 읽다가, 영화를 보다가, 자연과의 교감에서도 문득 다가오는 그 무엇이다. 하지만 사람을 크게 변화하게 하는 요소다. 창의성을 키우기 위해서는 영감을 주는 친구 같은 존재가 필요하다.

'창의성' 이란 단답형 문제의 답을 쓰는 일이 아니다.
지식이 공급된 만큼(in-put) 결과가 나오는 것(out-put)이 아니란 말이다. 일생에 단 한번 발현되더라도 인류의 역사를 바꿀 수 있는 특성을 지닌 것이 바로 창의성이다. 학교는 '창의성 교육을 한다.' 고 말하기 전에 아이들에게 스스로 제 삶의 주체가 되는 법을 가르쳐야 한다.

죽어가는 공화국

대학에서도 아이들이 뛰어내린다.

대학만 들어가면 '불행 끝 행복 시작'인 줄 알았는데 그렇지 않은가 보다. 4대강에서도 사람이 죽어나간다고 한다. 신문 한 귀퉁이에 실려 스쳐 지나듯 눈에 들어오는 그 소식은 전혀 주목 받지 못한다. 또 구제역이 돈다고 한다. '살 처분'이라는 말이 무심히 우리 입에 오르내리겠지. 그리고 그 입으로 꾸역꾸역 고기를 먹고 선한 소리만 늘어놓을 것이다. 핵발전소 소식도 이젠 쏙 들어갔다. 참 묘하다. 외국에서는 한국이 방사능에 노출될 가능성이 높다고 하는데 바람 때문에 전혀 피해가 없을 거란다. 우리나라 만세다.

물가는 오르고, 역 근처에는 웬 노숙자들이 그렇게 많은지.

용산에는 벌금 폭탄이 터지고 얼마 전에는 지류까지도 개발하겠단다. 4대 종단이 그렇게도 말렸지만 결국 온 나라 강물을 마구 헤집어 놓고야 말 심사다. 도무지 극심한 혼란의 끝이 보이지 않는다. 급기야 '살 처분'은 강 근처에 살던 나무까지 손을 뻗었다든가. 마구 풀어놓은 돈은 언젠가 부메랑으로 돌아와 삶의 질을 옭매고야 말 것이다.

교육이든 뭐든 온통 난개발이다. 휴, 서로 자기 목소리만 높이고 다른 사람 이야기에는 귀 기울이지 않는다. 무조건 밀어 붙이면 끝이다. 입으로는 소통을 말하지만 귀는 이미 닫혔다. 눈은 엉뚱한 곳을 보고 있다.

더불어 소박하게 사는 삶은 찾기 어렵다.

교사들조차 아이들과 대화하기를 꺼린다. 문제를 해결하려고 하지 않는다. 그저 피하고 만다. 아이들을 향한 열정보다는 귀찮은 문제에 뛰어들 용기가 나지 않기 때문이다. 살점 붙은 뼈다귀에는 악다구니지만 도둑을 보고 짖지 않은 지 오래됐다. 학교에서 진지하게 제 삶을 고민하는 이들이 안 보인다. 그저 하루하루 지낸다.

왜 이리도 다들 뻔뻔해진 것일까. 염치는 이미 오래 전에 사라진 단어가 되었다. 아이들 세계는 어른들의 축소판이라 했던가. 우리 아이들에게 친구란 한 교실에 있는 사람일 뿐.

우정이라는 아름다운 말이 자취를 감추고 있다. 저희들끼리 치열한 경쟁을 펼치고 있다. 친소관계가 형성되지만 그것은 자기 자신의 이익과 관련이 있다. 독서와 봉사까지도 점수로 환산되는 요즘, 우리 아이들에게 '우정'은 시간 낭비다. 무엇을 위해 그리 애쓰는 것일까.

봄기운이 쌀쌀하지만 꽃 향연이 넘친다.

벚꽃은 이미 만개를 지났다. 일제히 피었다가 일제히 지는 봄꽃들도 우리를 닮았다. 시차를 두고 천천히 왔다가 가는 지난날의 봄꽃이 아니다. 거의 동시에 피었다가 확 사라진다. 이러니 벌이든 나비든 살기 힘들다. DNA속에 저장된 생체리듬과는 다르다.

자연이 이렇게 간절하게 경고한 적이 있던가.

세월만 낭비하는 인류를 보고 결국 그들을 쓸어버리기로 결심하기 시작한 것 같다. 지진 소식이 계속 들린다. 꽃이 저리 활짝 피었는데도 벌, 나비는 보지 못했다. 새소리는 언제 들었던가. 날씨는 여전히 변덕스럽다.

체벌 놀이

체벌이 '놀이'란다. 체벌에 대한 자료를 찾기 위해 인터넷을 검색하다가 이 어휘를 보고 클릭했다. 처음에는 청소년들이 체벌을 비꼬는 행동이라고 생각했다. 충격에 빠지면서도 아이들끼리 하는 가벼운 낙서라고 여겼다.

"얘들아. 체벌놀이'라는 말이 있던데, 그게 뭐야?"

아이들이 웅성거렸다. 반응이 다양했다. 곧 비밀스런 비릿함이 교실 가득 번졌다.

"스트레스 받으면 그렇게 풀어요."

놀이는 이렇다. 혼자서, 또는 여럿이서 역할을 나눈. 그리고 도구를 이용하여 고통을 준다. 그런데 그건 초등학생 때나 하는 거란다. 이야기 듣는 내내 편치 않았다. 이런 놀이가 있다는 사실이 그랬고, 주로 나이 많은 사람이 가해자로 등장한다는 점이 그랬다. 당하는 사람은 무조건 존댓말을 해야 하며 반항을 하게 되면 벌은 늘어난다. 끔찍했다.

이건 기성세대들에게 당하는 체벌을 그대로 따라하는 것이 아닌가. 그런데 놀이라니, 더구나 스트레스를 받으면 혼자서, 또는 여럿이서 즐긴다고 하니 오싹했다. 어른들의 잘못된 행동을 무감각하게 받아내는 아이들의 무심함이 무서웠고, 그게 어느새 아이들 사이에 보편화되었다는 사실이 놀라웠다.

체벌놀이'는 사랑 또는 교육이라는 이름으로 체벌이 행해질 때 그것이 아이들을 얼마나 황폐하게 만드는지를 단적으로 보여준다. 우리 사회 일각에서는 아직도 체벌 논란이 진행 중이다. 학생 인권을 옹호해야 한다는 입장과 교육적 효과를 고려해야 한다는 쪽이 팽배하게 맞선 형국이다. 무엇이 교육적 효과인가. 체벌은 폭력이다. 폭력을 당한 아이들 정신세계를 어떻게 왜곡하는지는 별 관심이 없다.

학교 현장은 생활지도 방법에 대해서 고민할 수밖에 없다.

기존의 체벌로는 곳곳에서 갈등이 생길 것은 불을 보듯 뻔하다. 체벌 논란으로 아이들도 예전처럼 그냥 당하고 있지 않을 것이고 교사들도 쉽사리 체벌을 가하지 않을 것이다.

이러다 보면 모른 척 지나칠 수 있다. 이는 바람직하지 않다.

기본권을 바탕으로 한 교육적 고민이 시작되고 있다. 다행이다.

교사와 학생은 신뢰를 바탕으로 감동을 통해 교육이 이루어진다.

입시체제 속에서, 아이들을 한 줄로 세우는 경쟁구조 속에서 교육 주체들이 가장 우선하는 것은 시험 성적이다. 눈앞에 닥친 시험에서 가장 좋은 성적을 내는 방법을 익히는 교육에서 교사와 학생, 교사와 학부모 사이에 신뢰가 형성되기란 매우 어렵다. 요즘처럼 학교가 대형화되고 갈수록 척박해지는 경쟁구조 속에서 이는 도저히 불가능하다.

교육 주체들이 숨소리를 서로 들을 수 있는 작은 공간이라야 신뢰와 감동이 바탕이 되는 교육이 가능하다. 이렇게 교육의 틀을 바꿔가는 것이 교육 혁신이다. 그 출발점이 바로 서로를 인정하는 것이다. 이러면 체벌을 할 수 없다. 체벌에 대한 대안 찾기. 학교를 혁신하기 위한 꿈틀거림이다.

봇물 터진 아이들의 목소리가 커진다.
마치 벌집을 쑤셔 놓은 꼴이다. 활기차다.
이럴 때는 졸지도 않는다.

학력이 뭐기에

어느 큰 부자가 잔치를 벌였다. 내로라하는 주위의 마을 사람들이 다 모여들었다. 이때 한 선비가 허름한 옷차림으로 잔칫집을 찾았다. 그러나 선비의 행색을 훑어보던 문지기가 그를 들여보내지 않았다.

"당신 같은 거지는 들여보낼 수 없소."

선비는 어이가 없다는 표정을 지으며 거지가 아니라고 말했다. 그러나 문지기는 곧이듣지 않았다.

"어디서 거짓말을 하는 거요? 썩 물러나시오."

이렇게 문전박대를 당한 선비가 한켠에 비켜서서 보니, 문지기는 의복을 근사하게 차려 입은 사람들에게는 무조건 허리를 굽실거리며 안으로 안내를 하는 것이었다. 선비는 집으로 돌아와 의관을 깨끗하게 갖추어 입고 다시 문지기 앞에 섰다. 문지기는 누구인지 물어보지도 않고, 깍듯하게 안내를 했다. 선비는 문지기의 안내를 받아 자리에 앉았다. 앞에 놓인

상에는 온갖 맛있는 음식이 가득 차려져 있었다. 선비는 이 자리에 앉게 된 것은 순전히 의복 덕이라는 생각이 들었다. 그래서 선비는 술잔을 들어 자기 옷에다 부었다. 옆에 앉은 사람이 이상하다는 듯이 물었다.

"아니, 술을 왜 옷에다 따르십니까?"

선비가 대답했다.

"내가 이 자리에 앉게 된 것은 오로지 이 옷 덕분이라서 옷에다 술을 부었습니다."

같은 사람이지만 허름한 옷을 입었을 때는 문전박대를 당하다가 좋은 옷을 입자 잔치 자리에 참여하게 된다면 이는 순전히 그 사람이 누구인가보다는 어떤 옷을 입었는가에 따라 평가를 받기에 당연히 잔칫집의 좋은 음식은 사람보다는 옷이 대접받아야 마땅한 일일 게다.

"탤런트면 연기를 잘 한다, 못 한다는 것으로 판단해야지 왜 무슨 대학을 나왔다는 것으로 평가되어야 해?"

딸이 제 엄마한테 퉁을 준다.

"그래, 맞다. 탤런트면 연기로, 개그맨이면 웃음으로, 가수면 노래로 평가받아야 당연한 거지."

내가 거들자, 아내는 급히 말을 돌린다.

"아니, 그냥 그렇다는 거지, 뭐. 서울대 나왔기에 더 알려질 수도 있잖아."

"더 배우고 덜 배우고는 개인적인 필요에 따라 달라질 수 있는 거야. 목수가 자기 능력을 발휘하기 위해 부족한 것을 배우기 위해서는 대학을 가는 게 아니라 훌륭한 도목수에게 가야 하는 거지. 그렇게 배운 사람이 자기 능력을 최대로 발휘할 때 우리는 명인이라고 할 수 있는 거야."

이렇게 말하니 딸아이가 싱긋 웃는다.

이 땅의 10대들은 일제히 같은 날 같은 시간에 같은 시험지로 실력을 평가받지만 그들이 꾸는 꿈은 모두 같지 않다. 또한 그들이 살아갈 삶도 결코 같은 모습이 아닐 것이다. 우리 아이들이 사회에 나가서는 학력보다는 능력으로 평가받는 사회가 되면 좋겠다.

혁신학교에 던지는 충고

억수장마다. 가을장마는 아무 쓸데없다는데 올해는 유달리 잦다. 그것도 대지를 촉촉하게 적시는 정도가 아니다. 하늘이 작정하고 있는 듯하다. 오만한 인간에 자연이 앙갚음을 하고 있는 것은 아닐까. 두렵다.

그래도 대안교육연대, 대안교육학부모연대, 대안청소년 네트워크에서 주최하는 '2010 대안교육한마당'에는 가야 했다. '새로운 상상력'을 맛보기 위해서다. 아니, 입시 몰입 자율고에 반기를 들고 교단을 떠났으며 지금은 서울시교육청 정책보좌관으로 일하고 있는 이형빈 선생이 토론에서 말한 것처럼 '공교육과 대안교육의 말 걸기'를 시작하기 위해서였다.

행사 중 정의되는 언어는 새로운 상상력을 주기에 적당했다. '학교 밖 청소년'은 지금까지 '문제아'니, '부적응'이라는 말이 얼마나 폭력적인지를 깨닫게 했고, '학교 밖 교사'도 틀 속에만 묶여 있던 나를 풀어주었다.

　이미 대안교육은 교육에 매우 큰 역할을 하고 있다. 학교 안에서만 이루어진다고 생각한 교육의 좁은 틀을 벗겨내고 외연을 넓힌 것은 물론, 방법론에서도 다양한 시도를 통해 그 결과를 이끌어냈다.

　공교육과 대안교육의 접점에서 새로운 학교 개념을 끌어낸 것이 바로 '혁신학교' 다. 혁신학교 역시 공교육 틀 안에서 신선한 실험을 하고 있으며 그 반향은 매우 놀랍다. 학부모와 학생들이 갖는 기대도 대단하지만 무엇보다도 교사들 자체의 변화를 이끌어내고 있다는 점이 고무적이다.

　혁신학교는 대안교육과 공교육의 교집합에서 공통원소를 차지하고 있다. 따라서 대안교육에서 이루어낸 교육성과를 끊임없이 받아들이고 이를 재가공하여 적용하며 동시에 학부모, 학생들이 공교육에 요구하는 몫도 담당해야 한다.

　'혁신학교' 가 더 크게 성장하려면 끊임없이 새로운 시도를 해야 한다. 내부에서 성장도 필요하지만 외부에서의 성과물을 받아들이고 활용하는 자세도 필요하다.

　"교육 주체들이 교육과정을 만들고 이를 학교 안으로 들여와서 시행한 뒤 다시 재검토합니다. 이를 위해 교육자들과 함께 지역정치인들도 적극적으로 고민합니다."

아사쿠라 가게키 교수(도쿄 슈레대학)가 소개한 일본 내에서의 대안교육 제도화 과정은 시사점이 크다.

심포지엄 말미에 학부모가 던진 한 마디는 내 마음 깊이 자리 잡았다.

"대안학교에 보내고 있지만 내 자녀가 과연 대학을 나오지 않아도 당당하게 살 수 있을까를 끊임없이 고민합니다."

혁신학교 학부모 역시 마찬가지일 것이다.

제 2 부

생 명

건강한 교육 생태계를 만들 밑거름 '학생인권조례'

경기도 학생인권조례가 어느 정도 자리를 잡고 있는 것 같다.

얼마나 오래 끌어온 사안인가. 아직도 일부 시도에서는 시도조차 하지 못하는 일이지만 꼭 해야 할 일이었다.

그동안 교육이라는 이름으로 학생들에게 가해진 폭력이 얼마나 대단했던가. 진작 시행됐어야 했다.

물론 조례가 통과됐다고 해도 갑자기 학교폭력이 사라지지는 않을 것이다. 몸에 익힌 폭력이 어느 날 갑자기 사라지지는 않을 것이기 때문이다.

또 입시라는 절체절명의 명분 앞에서 야간자율학습과 보충수업에 대한 유혹에서 자유로울 학부모와 교사들이 얼마나 될까. 그렇지만 적어도 학생의 의사에 반하여 강제로 시행되지는 않을 것이다.

학생인권조례가 시행되면 학교에서 체벌이 금지되고 강제

야간 자율학습과 보충수업이 폐지된다.

두발과 복장은 학생의개성을 존중하고 소지품 검사도 학생 동의를 받아야 한다. 뿐만 아니라 학교 운영과 교육정책 결정 과정에 학생 참여도 보장된다.

이를 위해 도교육청은 학생인권심의위원회와 학생인권옹호관이 구성돼 학교 내 인권 실천과 피해 구제 활동을 벌이게 된다. 획기적이면서 당연하다.

어렵게 정상을 찾은 느낌이다.

물론 문제점도 있을 수 있다.

1980년대 초, 학교자율화정책으로 교복 폐지와 두발 자율화, 그리고 과외금지 조처 등이 시행됐던 당시 기성세대들에게 비쳐진 학생들 모습은 방종 그 자체였다.

정작 학생들 스스로는 아무런 문제가 없었음에도 곧 학교는 다시 억압된 예전 모습으로 되돌아갔다.

고비만 넘었더라면 자연스럽게 받아들여질 수 있었는데 얌전하고 획일화된 학생상이 정상이라고 생각하는 기성세대들에 의해 학교는 다시 긴 침묵 속에 잠기고 전보다 더한 경쟁 속에서 젊음의 꿈은 사그라졌다.

교사들이 겪을 당혹스러움도 충분히 예상된다.

아무리 지덕벌이니 뭐니 해도 체벌이 주는 즉각적인 효과에
는 미치지 못할 것이다.

심리적인 갈등도 매우 클 것은 틀림없다.

경쟁 체제를 벗어나지 못한 교육 현실, 그리고 아직도 학급
당 학생의정원이 40명인 곳이 많은 경기도에서는 교사와 학
생의 마찰이 곳곳에서 발생하리라 생각한다.

그럼에도 불구하고 당연한 것은 정상적으로 시행이 되어야
마땅하다.

무엇보다도 학생인권조례가 주는 의미는 학생을 가르쳐야
할 대상이 아니라 하나의 소중한 생명으로 인정했다는 사실이
다. 자신이 존중받는 귀한 생명이라는 사실을 깨달을 때 비로
소 다른 사람을 살필 수 있다. 다른 사람이 눈에 들어와야 배
려를 통해 공동체를 이루어 가게 된다.

교사들 역시 마찬가지다.

학생들을 소중한 생명체로 살핀다면 폭압적인 교육 행태가
얼마나 무서운 결과를 낳는지 알게 된다.

매 맞고 큰 아이가 폭력적인 부모가 될 가능성이 더 크다.
마찬가지로 억압적인 교육 분위기에서 학교생활을 한 교사들
이 쉽게 폭력을 행사하게 된다.

학생인권조례는 분명히 학교에 새로운 문화를 만들어내는 계기가 된다.

어렵게 학생인권조례는 정착이 되고 있다.

이 소중한 결실은 바로 우리에게 주어진 큰 선물이다.

하늘이 준 기회다.

이제 우리가 해야 할 일은 바로 학교를 건강한 교육생태계로 꾸려나가기 위한 적극적인 행동이다.

나의 걸음을 옮기게 하시는 이

사람을 만나고, 이야기를 나누고, 같은 곳을 바라보는 일은 무척 행복하다.

견제하고 눈치 보지 않아도 되는 사람들일 때는 만남 그 자체가 행복이다.

온 배움 터 조경만 샘이 하신 말씀이 생각난다.

대학시절 사물 패를 꾸려 지리산 외딴 마을에 들었단다. 그곳에서 신나게 풍물을 놀다보니 늙수그레하신 마을 주민이 대성통곡을 하시더란다. 지리산 자락이 피로 물들던 그 어려운 시절 동네잔치가 그대로 동네 초상으로 변했던 일이 있었다는데, 꽹과리 소리를 들으니 바로 그날 들었던 총소리가 되살아났단다.

조경만 샘은 그날부터 인류학을 하기로 결심하셨다고 한다.

'나의 걸음을 옮기게 하시는 이는 누구인가.'

늘 생각만 많은 터에 행동이 느린 나를 지금까지 이끌어주신 알 수 없는 손. 그 손에 대해 곰곰이 생각해본다.

"도대체 생태계란 무엇일까요?"

늘 그렇듯 정보영 샘 수업은 질문으로 시작한다. 질문을 던져 생각을 이끌어낸다. 그 대답이 어떻든 유쾌한 웃음으로 받아주시며 수업을 이끌어간다.

"상상놀이를 해야겠습니다. 자, 눈을 감으세요."

눈 감는 일은 그리 어렵지 않다. 샘은 우리를 숲으로 인도했다. 숲에서 보이는 것, 들리는 것, 느끼는 것이 무엇인지 천천히 살펴보라고 했다.

눈을 감자 오대산 월정사 전나무 숲길이 펼쳐진다.

나는 아름드리 전나무가 우거진 그곳에 맨발로 서 있다. 바람은 부드럽고 오래된 숲의 향기가 난다. 이끼가 촉촉하게 젖은 나무들 사이로 투명한 햇살이 비친다. 숲 속 어디선가 맑은 개울물소리가 나고, 나비, 개미, 저기 제비꽃도 있다. 숲 속에 누웠다. 저절로 깊은 숨을 쉴 수 있다. 스님 세 분이 아련히 숲길로 사라진다. 허겁지겁 그 뒤를 따랐지만, 스님들은 간 곳 없고 서낭당이 고즈넉하게 서 있다.

생태학에서 개체군은 한 지역에 서식하는 동종의 개체 모임을 의미한다. 생태계에서 식물과 동물 개체군은 서로 독립적으로 작용하지 않는다. 어떤 개체군은 다른 개체군과 먹이, 물, 공간 등의 제한된 자원에 대해 경쟁한다.

다른 경우에, 한 개체군은 다른 개체군의 먹이 자원이 되기도 한다. 두 개체군은 각기 상대방이 있을 때 더 성공적이어서 서로 도움이 되기도 한다.

불과 10년 전만 해도 야트막한 집이 있던 이곳에 어느새 고층아파트가 줄지어 서 있다.

야트막한 집이 다 사라진 걸 보면 아파트는 다른 개체를 모두 잡아먹는 존재인가 보다.

남은 산수유나무만으로도 충분히

어떤 철학 교수님이 이런 질문을 했다.

"배추는 배추벌레를 좋아할까요? 싫어할까요?"

구멍 숭숭 꼬물꼬물 배춧잎 위를 부지런히 오가면 사각사각 제 몸을 갉아먹는 배추벌레를 배추가 좋아할 리 있나, 그래서 대답했다.

"에이, 당연히 싫어하지요."

반짝반짝 빛나는 눈으로 바라보시던 교수님은 살며시 웃으셨다. 그 웃음은 무슨 의미일까.

그래도 확신에 찬 마음은 변하지 않았다.

"배추벌레가 노랑나비가 되어야 배추꽃가루를 수정시킬 수 있죠. 그러니 배추는 열심히 제 몸을 던져 배추벌레를 키워야죠. 그래서 노랑나비가 된 배추벌레가 배추를 수정시키면 씨를 남길 수 있습니다."

아하. 그렇구나. 고개를 끄덕이는데 다시 교수님의 질문이
이어졌다.

"그럼 노랑나비는 배추를 좋아할까요, 싫어할까요?"

"당연히 좋아하겠죠. 먹여주고 키워줬는데……."

"그걸 어떻게 알죠?"

"지금 교수님께서 말씀하셨잖아요."

아니 이거 무슨 말장난이람.

연세 지긋하신 교수님께서 지금 농담이라도 하시려는 건가.

순간 대학원 시절 연구실에서 훈민정음의 창제과정을 멋지
게 철학적으로 풀어주시던 은사님이 떠올랐다. 두 분의 가르
치는 방법이 비슷하다.

"저는 그런 말 한 적 없습니다. 다만 우리가 그렇게 느낄 뿐
이죠. 그것을 영성이라고 합니다."

시인들, 아니 예술가들은 많은 부분 대상과 '소통'한다.

새의 마음을 읽고 나무의 아픔을 느끼고 벌레의 꼼지락거
림을 이해한다.

어느덧 우리 학교 주위에도 산수유나무에 노란 꽃이 슬금슬
금 기어 나왔다.

산수유나무에 앉은 새 한 마리 인기척에 놀라 날아간다.

나무 곁에 오랜 세월 함께한 돌멩이 하나 있어 생명은 부지
런히 계절을 앞질러 와서는 냉기를 나누어 갖는다.

　　자연은 부지런히 계절을 나누는데 우리만 정신없이 바쁘다.
나는 내가 만나는 오늘, 우리 아이들과 무엇을 나눌까?
차가운 돌멩이에 잠시 앉아 생각해 보아야겠다.

내 생애 가장 맛있었던 물 한 잔

"내 생애 가장 맛있었던 물 한 잔?"

아무래도 정보영 샘은 시적 감수성이 풍부하신 것 같다. 물을 주제로 강의를 하시면서 던진 질문이 너무 예뻤다.

내 생애 가장 맛있었던 물 한 잔이라…….

이제는 물조차 마음 놓고 마시지 못하는 현실이지만 가장 소중하기도 하다.

사실 내게도 물 한 잔에 얽힌 아름다운 기억이 있다.

작년 가을 어느 날, 우리 집 초인종이 울렸다.

문 밖에는 웬 스님이 한 분 계셨다.

고층 아파트라 탁발스님이 굳이 이곳까지 올라오실 리가 없는데 이상했다.

"이 집 지나다 복이 막 나오기에 물 한 잔 얻어 마시려고 문을 두드렸습니다."

말씀이라도 너무 고마웠다.

문을 열어 잠시 쉬어 가시도록 했다.

오랜 걸음으로 다리가 많이 아팠지만 무슨 인연의 이끎이었는지 여기까지 왔다고 하셨다.

집 안 가득 복이 많다고 몇 번이고 합장하시며 물 한 잔 드시고 다시 긴 수행의 길을 가셨다.

"언제 물 한 잔이 맛있었어요?"

재차 정보영 샘은 질문을 하셨다.

며칠 전, 대안교육과정에 대한 세미나 자료를 공부하다가 학교에서 밤을 꼬박 새운 적이 있었다.

처음에는 교무실에서 공부를 했지만 방범장치를 가동시키고 휴게실로 들어갔다.

커다란 머그잔으로 가득 냉수를 부어 마셨다.

저절로 터져 나온 한 마디.

"이젠 살았네."

물은 순환이다. 그리고 모든 생명체의 근본이다. 또 물은 용매 역할도 한다. 기꺼이 자신을 내주고 다른 것을 품는다.

"물이 오염되면 물소리도 달라지는 것 같아요."

소백산에서 어린 시절을 보냈다는 정 샘이 수업이 끝날 무렵 예쁜 말을 했다.

정말이지 맑은 물에서는 맑은 소리가 나고 오염된 물에서는 둔중한 소리가 난다. 졸졸졸, 또로롱 또로롱 소리가 나는 물은 맑은 물일 게다.

생태교재는 우리의 생활태도를 바꾸는 교재다.

정보영 샘이 결론 삼아 하신 말씀에 저절로 고개가 끄덕여졌다. 밖에 나가니 봄바람이 시원했다.

내일이 부활절이다.

예수님의 부활을 기리듯 우리 생태계의 부활도 고민해 보아야겠다.

노래하는 사냥꾼

오도재.

늘 그렇듯 지리산은 많은 생명을 보듬고 늠름하게 서 있었다.

"대안 교육 연구 과제는 무엇으로 하고 싶으세요?"

노 샘이 지리산을 보며 말했다.

"저는 대안학교 교육과정을 비교해 보고 싶어요. 대안학교
가 추구하는 목표가 있을 텐데 그것이 어떻게 교육과정 속에
녹아 있을까 궁금해요."

"아…."

"많은 대안학교들이 특성화학교가 되면서 특성이 사라졌
다는 느낌이에요. 조사해 보면 알겠지만 입시의 틀이 여기도
얽어매고 있겠죠."

"저는 우리 녹대의 교육과정에 대해서도 공부해 보고 싶어
요. 그리고 우리의 역할, 자리매김도 다시 확인하고 싶고요."

"그럼, 결국 대안학교가 나아가야 할 방향을 고민해 보고 그

걸 실현하기 위해 교육과정을 어떻게 할 것인가를 생각해보면
좋겠군요."

학교로 돌아오는 차 안에서도 우리의 고민은 계속되었다.
녹대의 방향에 대해 함께 고민해보고 생태교육학과의 학문적
성취에 대해서도, 무엇보다도 녹대의 정체성을 확실하게 하
기 위해 대안학교 교사들을 양성하고 재교육하는 역할이 있어
야 하지 않겠냐고 서로들 목소리를 높였다.

이른 새벽, 경운기 한 대가 꼭 그 시간이면 논으로 떠난다.
오늘도 여전히 경운기가 떠나고 나는 그만 잠이 깼다. 집에서는
피곤에 몇 번이고 알람을 누르고 이불 속에서 게으름을 피우
겠지만 여기서는 바로 잠에서 일어난다.

오늘 수업은 9시 30분에 시작하기에 여유가 많다. 카메라를
들고 산책에 나섰다. 들은 편히 누워 나를 반긴다. 저기 두 분
할머니가 부지런히 일을 하신다. 일을 방해하기 조심스러워
그냥 바라보았다. 평화롭다.

인류학 강의는 늘 흥미롭다.
사람이 살아가는 이야기라서 더 재미있는 것 같다.
오늘은 캐나다에서 오는 '노래하는 사냥꾼'의 이야기를 해
주셨다. 인디언 부족들의 이름은 자연과 관련이 있단다. '노래

하는 사냥꾼'은 그 부족장인데 연어를 많이 잡으면 수십 킬로미터나 떨어진 마을까지 연어를 가져가서 나누어 준다고 한다. 많이 잡았으니 선물을 주는 것인데 이 선물은 다른 부족에게는 귀한 식량이 된단다. 그러면 그 부족은 자기들 부족이 가지고 있는 귀한 선물을 내놓는단다. 이를 '선물경제'라고 하는데 인디언들에게 교역은 선물이라고 한다.

필요한 사람이 있으면 아낌없이 주는 마음.
그들이 자연적인 존재였던 이유가 아닐까.
샘은 문화인류학 관점으로 그곳에 사는 사람들을 들여다보면 저절로 생태적이 된다며 생태적 체험을 하게끔 도와주셨다.

농부와 알곡

2학기 수시모집이 한창이다.

모집 정원의 50%를 넘는 인원을 뽑는다고 하니 수험생이라면 한번쯤 기웃거리지 않을 수 없다. 수능에 자신을 잃은 학생이라면 더더구나 회가 동하게 된다. 학생들은 학생들대로, 학부모들은 또 그들대로 한 번쯤은 혹할 수밖에 없다.

힘들게 왔지만 수험 시계만큼은 추호의 흐트러짐도 없다. 벌써 9월. 게다가 대학수학능력시험 원서도 함께 접수한다. 이래저래 이번 주간은 수험생이나 학부모는 물론이고 입시 담당 교사들까지 덩달아 바빠진다.

"우리 아이 성적을 보고 갈 만한 대학 뽑아주세요."

안타까운 마음에 성적표 한 장 달랑 보여주고는 애처로운 눈빛을 하고 있는 학부모를 만나면 난감하기 이를 데 없다. 오죽 답답하면 이렇게라도 할까. 괜히 죄지은 마음으로 고개를 숙이고 있는 아이를 보면 나도 덩달아 답답해진다.

하지만 정답은 알 수 없다.

"어느 대학에 가고 싶니?"

가고 싶은 대학이 없을까. 이렇게 묻는 나도 한심하다. 가고 싶은 대학과 갈 수 있는 대학이 다르고, 엄마가 원하는 대학에는 성적이 미치지 못하는 게 대부분의 수험생들의 처지가 아니던가.

"모르겠어요."

우문현답愚問賢答이다.

어떻게 답변을 해도 마음에 들지 않기에 차라리 모른다고 하는 게 속 편하다. 나는 그저 씩 웃어준다. 옆에 있던 어머니의 얼굴이 구겨진다. 금방이라도 막말이 터져 나올 것 같다.

초, 중학교 때까지는 공부를 잘했다. 제 형은 시키지 않아도 공부를 알아서 했고 지금은 좋은 대학에 갔다. 옆집에 있는 아무개는 성적이 좋아 이번에 알아주는 대학에 원서를 낸다고 하더라. 활화산의 뜨거운 용암인 듯 머릿속에 맴도는 말은 이내 허공으로 솟아오른다.

수험생들에게 가장 큰 경쟁상대는 바로 '엄친아'라고 한다. '엄친아'란 '엄마 친구의 아이'란다. 정말 왜 엄마 친구의 아이들은 그렇게 공부도 잘하고 모범생인지. 모두들 대학은 왜 그리 잘 가고 못하는 게 없는 건지.

교실을 둘러보면 대부분의 아이들은 나와 처지가 비슷한데 왜 '엄마 친구의 아이들'은 그렇지 않은 건지 참 알 수 없다. 이쯤 되면 상담하기가 힘들어진다. 아이는 마음을 닫고 학부모는 분노로 이글거린다.

입시 지도를 할 때면 고3 담임은 농부가 된다.

뜨거운 뙤약볕 아래에서 땀 흘리던 여름의 수고가 끝나고 찬바람이 돌기 시작하는 이맘때면 농부의 손길도 바빠진다. 농부가 거두는 알곡은 바로 아이들이다. 알알이 튼실하게 맺힌 녀석이 있지만 벌레의 등쌀에 제 몸을 내주고 다른 알곡을 지켜준 놈, 속빈 죽정이 같은 놈 등 알곡도 여러 종류이다. 그 중 어떤 놈은 하늘에 감사를 드릴 때 사용하고, 또 어떤 놈은 내년에 쓸 씨앗으로, 사람이 먹을 식량으로, 사료로, 그리고 겨울을 따뜻하게 날 군불 감으로 쓰기도 한다.

한 해 동안 애쓴 발품이 고스란히 알곡으로 맺혔기에 모두가 소중하다.

샘

하루 중 어느 때가 가장 좋은가?

다 같지는 않겠지만 대부분 사람들은 한낮보다는 새벽이나 어둠이 깃드는 저녁 무렵을 좋아한다. 조용하고 겸손한 마음으로 하루를 시작하거나, 치열했던 낮 시간을 되돌아보며 어둠 속에 묻혀가는 하루를 생각한다.

해가 넘어간 직후부터 시나브로 어두워가는 그 시간을 참 좋아한다.

일몰은 장엄하다. 그래서 일몰의 아름다움을 지켜보는 원숭이 무리도 있다고 한다. 그러나 장엄한 아름다움 보다는 애잔한 느낌을 더 좋아하는 나는 하늘이 천천히 어두워질 때까지 느낌을 고스란히 가슴에 안기를 좋아한다.

잔잔한 호수에 햇살이 완전히 잠기고 난 후 저 멀리 외로이 있는 집에서 불이 반짝 빛나고 가까이 보이던 숲도 이제는 사라져 짙은 어둠으로만 다가오면 하늘은 우울한 푸른색으로 변한다.

성미 급한 별 몇 개만 마실 나오지만 별들의 시간은 조금 더 있어야 한다.

산의 하늘 선은 더 선명해진다.

그러다 마침내 선의 구분이 사라져야 본격적인 별의 시간이 된다.

'깊은 산속 옹달샘 누가 와서 먹나요.

새벽에 토끼가 눈 비비고 일어나

세수하러 왔다가 물만 먹고 가지요.'

어린 시절 불렀던 동요에나 나옴직한 샘은 좀처럼 만나기 어렵다. 예전에 산길을 가다가 옹달샘을 만나면 두 손으로 떠서 먹기도 하고 떡갈나무 잎으로 받기도 했다. 퍼내도, 퍼내도 마르지 않는 샘은 산에 숨어 있는 귀한 보물이었다.

자신을 드러내지 않지만 산에 살고 있는 식구들은 다 알고 있다. 목마른 다람쥐도 내려오고 토끼도 달려와 마시고 기운을 얻는다. 홍수가 나도 딱 그만큼만, 가물어도 그만큼만 채워

놓고 산 속 친구들을 기다린다.

가끔 아이들은 교사를 선생님이라고 부르지 않고 '샘'이라고 한다.

사투리에서 나온 말이지만 오히려 정겹다. 교사들이 샘이 되기를 바라는 아이들의 마음이 담겨 있기 때문일 것이다.

뜨겁고 거친 삶 속에서 문득 차고 맑은 샘을 떠올리는 사람들에게 우리, 맑은 샘 같은 존재가 되면 좋겠다.

서호납줄갱이 두 마리

어느새 우리 곁을 떠난 귀한 친구들이 많다.

든 자리는 몰라도 난 자리는 안다고 그들이 떠난 빈자리가 그저 휑하니 쓸쓸하다. 이 지구에 함께 와서 자기 자리에서 생명의 법칙에 따라 생육하고 번성하다가 잠깐 한 눈 파는 사이 조용히 우리 곁을 떠났다.

그들이 떠난 가장 큰 이유가 우리에게 있음을 모르는 것은 아닌데도 우리의 교만함은 조금도 나아지지 않고 있다.

경기도 수원에 있는 서호는 조선시대 정조 임금 당시에 축조하였다고 한다. 여기에 어찌어찌하여 서호납줄갱이가 자리 잡았다. 다른 어느 곳에서도 발견되지 않아 이름에 '서호'가 붙었다고 하는 걸 보면 토종 민물고기 중에서도 사는 지역이 지독히도 좁았던 녀석들이었던 것 같다.

인터넷을 찾아보니 이렇게 설명해준다.

'잉어과(一科 Cyprinidae)에 속하는 한국 고유종. 경기도 수원시의 서호西湖에서만 발견된 어종으로, 1913년에 D. S. 조든과 C. W. 메츠가 서호에서 채집한 한 개체를 기준으로 신종新種을 기재한 이래 1935년에 모리 다메조[森爲三]가 서호에서 몸 길이 4.8cm와 5.4cm인 두 개체를 채집·기록한 예를 마지막으로 현재까지 전혀 발견되지 않아 멸종한 것으로 추정된다.'

가장 마지막 기록은 1945년에 보인다.

그러니 이미 50년 전에 사라졌을 가능성이 있다.

생김새는 작았나 보다.

'몸의 높이는 비교적 높은 편인데 등지느러미의 기점起點 부분이 가장 높으며, 머리길이는 주둥이 길이의 4.5배이다. 입은 작아서 위턱의 뒤쪽 끝이 눈에 미치지 못하고, 옆줄은 불완전하여 꼬리지느러미의 기부基部에 미치지 못하며, 등과 배는 다 같이 밖으로 굽어 있다. 몸 옆면은 등 쪽이 암색暗色, 배 쪽은 은백색이다. 등지느러미와 뒷지느러미에는 지느러미 살을 가로지르는 암색 띠가 있고, 꼬리지느러미는 약간 암색이지만 다른 지느러미는 담색淡色이다. 서식지나 식습관, 성장도 등에 대해서는 전혀 알려진 것이 없으며, 현재까지 보고된 3

개체로 미루어 보아 몸길이 5.5㎝ 이하일 것으로 추정된다.'

녀석은 그리 크지 않아 이 땅에 살고 있는 사람들을 영락없이 빼닮았던 것 같다. 그들이 떠난 지도 오래, 다시 돌아오기는 힘들 것 같은데 그리움이 지나친 탓인가, 종을 착각한 것으로 알려지기는 했지만 일본 히로시마 현 후쿠야마의 아시다 강에 서식하고 있는 '스이겐제니타나고'가 서호납줄갱이로 확인됐다는 소식에 잠시나마 가슴 설렜던 것은 안타까운 그리움 탓일 게다.

이제 더 이상 우리 곁을 떠나는 친구들이 없으면 좋겠다.
그들이 떠난 빈자리에 사람들이 채워질 때 지구는 우리들의
거대한 무덤이 되기 때문이다.

세상으로 날아간 천사

열심히 살아가는 사람들의 모습은 아름답다.

어려운 여건에도 남 탓을 하지 않고 멋지게 세상을 살아가는 사람들은 감동적이다.

더구나 그들이 한 과정을 끝내고 새 시작을 하는 모습은 한 편의 위대한 영화와도 같다.

그들이 흘리는 땀과 눈물에 우리는 저절로 박수를 치게 되고 가슴 깊은 울림에 온 몸이 전율을 느낀다.

가슴 벅차 오른다.

방송통신고등학교 졸업식은 일반고등학교에서 볼 수 없는 감동이 살아 있다.

우리 반 학생들은 아침부터 한복을 곱게 차려 입고 10대의 곱디고운 모습으로 돌아가 얌전하게 졸업식장에 앉아 있었다.

"오늘 가장 아름다운 사람들은 바로 당신입니다."

눈물이 남아 있는 졸업식은 바로 오늘, 이 자리였다.

3년의 세월이 빠르게 스쳐간 탓일까. 눈시울이 붉다. 그예 3년 개근상을 대표로 받는 학생은 크게 울어버리고 말았다.

"이 학생은 몸이 심하게 불편합니다. 주위의 도움이 없었다면 학교에 공부하러 올 수도 없었을 것입니다. 그러나 이 학생은 3년 개근상을 받습니다. 참, 위대하고 감동적입니다."

단상에 있던 교장 선생님이 직접 학생에게 다가가 포옹을 했다. 휠체어에 의지한 몸이 들썩인다.

차마 포옹을 풀지 못하고 오랫동안 따뜻하게 안아주시던 교장 선생님도 목이 메는지 회고사를 하는 목소리가 젖어 든다.

한 달에 두 번이라지만 그게 그렇게 쉬운 것은 아니다.

일요일이면 모처럼의 가족 나들이가 계획될 수도 있고, 친척들이 갑자기 모일 수도 있기 때문이다.

그런데 매번 학교에 빠지지 않고 나왔다. 더구나 주위에서 도와주지 않으면 안 되기 때문에 더 어렵다.

그럼에도 3년 개근상을 받았다.

뿐만 아니다.

수업시간에 연필을 쥐어주면 자기도 뭐라고 열심히 글을 쓰던 어린 꼬마 녀석도 엄마와 함께 졸업장을 받았다.

딸들이 엄마에게 다가와 꽃다발을 전해 주고, 머리 희끗한 남편이 사진을 찍어주며 함께 즐거워한다.

답사를 낭송할 때는 모두들 숙연해졌다.

이렇게 열심히 살아온 학생들이기에 오늘은 참으로 아름다운 날이었다.

담임이지만 그들보다 더 행복한 날이었다. 하나를 끝내고 새롭게 시작하려는 그들의 아름다운 모습이 나에게는 사랑스런 제자이자 나의 스승으로 남아 있기 때문이다.

처음 만남의 낯섦은 이내 속 깊은 정이 되고 이제는 나에게 새로운 살로 돋아난다. 그래서 속 깊은 감사로 우리 반 학생들의 졸업을 축하하고 축하했다.

그래도 학생들은 내게 꽃다발을 전해 주었다.

아주 작은 몸짓, 말 짓에도 행복해 했다.

감동에 둔감한 요즘 10대들과는 또 다른 아름다움이었다.

아마도 그들은 모두 천사들인가 보다. 내게 힘과 위안을 주는 아름다운 천사들. 그들이 오늘 모두들 또 다른 인연을 찾아

세상으로 훨훨 날아갔다.

　"대학에서 공부하다가 모르는 게 있으면 선생님 찾아올 거
예요. 끝까지 책임지세요."

　"언제라도 기다리죠. 언제라도…."

　우리 반 천사들의 힘찬 날갯짓을 보며 그들이 남긴 향기에
취해 오래 손을 흔들었다.

　"안녕, 천사들이여."

우리 모두를 한꺼번에 먹일 수 있는 것이라면

우리에게는 뛰어난 장편 이야기 시가 있다.

기억 속에 맴도는 위대한 시인들의 장시長詩들은 분명 우리 시단에 한 획을 긋기에 충분했고 그것만으로도 우리 문단은 기름졌다. 그럼에도 이 쟁쟁한 시 속에서 유난히 오래 기억 속에 머문 것은 김창완의 〈하늘나라의 넝쿨장미〉이었다.

김창완의 시는 아직 세상에 눈 뜨지 못한 나에게 여름 햇살처럼 꽂혔다. 대학 2학년 뜨거운 여름날, 점심을 먹고 수업시간에 늦어 헐떡이며 언덕길을 오르는데 나른한 목소리로 이 시를 읽어주는 여 학우의 목소리에 걸음을 멈추었다.

교내방송국 여 학우는 비명처럼 꽂힌 시에 멍하니 서 있는 한 학생이 있으리라 생각을 했을까. 하지만 그 시는 강렬했고 나는 바로 서점에 달려가 시집을 샀다.

시는 이렇게 다가온다.

철갑을 두른 듯 튼튼한 성곽도 아침저녁에 내리는 이슬에

서서히 무너지듯 시는 사람의 마음에 스며들어 그 삶을 송두리 채 바꾸어 놓고, 마침내는 역사를 변하게 한다. 시는 강요할 수 없다. 그러나 한 번 보기만 한다면, 읽기만 한다면 그 마음 깊숙한 곳에 자리 잡는 법이다.

예프뚜셴꼬.

지금은 해체된 연방, 옛 소련을 기억하는 사람이라면 혹시 알고 있는 시인일지도 모르겠다. 온 세상의 민중을 위해 거침없이 체제 비판에 나섰던 그는 저항시인의 첫 손에 꼽을 만하다. 그가 이렇게 목숨을 던지고 저항시를 썼던 것은 시대의 양심과 민중에 대한 뜨거운 사랑 때문이 아니었을까.

우리는 지나치게 자기만을 위해 살아간다.

내 배가 부르면 다른 것은 돌아보지 않는다. 고독사가 늘어나도, 시간에 쫓긴 공사판에서 수십 명이 죽어나가도, 남의 전쟁터에 우리 젊은이들이 끌려 나가도, 아니 이 땅의 학생들이 엄청난 학습 부담에 꿈이 사라져도 위기의식은커녕 무엇이 문제인지도 모르고 살아간다.

점점 정신적 가치는 사라지고 물질적 가치만 최고로 치부되는 요즘이다. 물질적 가치는 잠깐이지만 이 땅을 올곧게 지키는 것은 바로 조상들로부터 우리에게까지 이어져온 '얼'이다.

그것은 배부름과 바꿀 수 없다. 지금 우리는 결코 굶주리지 않는다. 그럼에도 제 몫을 더 챙기려는 아귀다툼이 이 땅 곳곳에 펼쳐진다.

　무엇을 위해 살아야 할까?
　어떻게 살아야 할까?
　뱃속에서 꼬르륵 소리가 나도 불의不義 앞에 당당하던 우리네 양반들 고집이 오늘은 왜 이리도 그리운지.

우리는 커피의 지배를 받는다

우리나라에 커피가 들어온 것은 언제였을까?

어디를 가나 쉽게 눈에 띄는 커피자판기, 쉽게 마실 수 있는 커피. 이렇게 대중적인 커피가 이 땅에 들어온 것은 1895년이라고 한다.

고종이 아관파천으로 러시아 공사관에 머물면서 마시기 시작했다고 한다.

그러니 약 110년, 넉넉하게 잡아도 120년 정도 되는 이 커피.

커피를 마시는 나의 모습을 떠올려보면 참, 부끄럽다.

아침 출근하자마자 종이컵에 커피믹스를 찢어서 정수기의 뜨거운 물을 부어 커피믹스 포장으로 휘휘 저어 마신다. 커피를 마시는 시간은 불과 몇 분 정도. 이 몇 분의 시간을 건너뛰면 그날 하루는 무척 바쁜 것처럼 느껴진다.

여유로운 느낌을 갖기 위해 환경 파괴적인 종이컵을 사용하고, 어린 노동자의 값싼 노동력에 대해서는 전혀 고민하지도 않고 있다는 점이 무척이나 부끄럽다.

커피는 선지자 마호메트(Muhammad)에 의해 알려졌다고 한다. 천사 가브리엘이 검은색 음료를 주자 그것을 마시고 40명의 남자를 말안장에서 떨어뜨리고 40명의 여인과 사랑을 나눌 수 있는 힘이 생겼다고 하니 사랑의 묘약이기도 했나 보다.

어렸을 때 부모님께서 당신들만 커피를 마시는 모습이 무척 섭섭했다.

그래서 부모님이 집을 비운 사이 양은 주전자에 가득 물을 끓이고 커피를 탔다. 설탕을 넣고 커피크림을 넣는 것을 본 적이 없었기에 그냥 커피만 듬뿍 넣었다. 그렇게 한 주전자를 끓여냈다.

야, 나도 커피를 마시는구나. 신난다.

어른 흉내를 낸다는 뿌듯함에 하루 종일 한 주전자를 다 비워냈다.

그 다음부터 손발이 떨리고, 눈꺼풀이 떨렸다.

200g짜리 커피 원두 한 통을 살 때 커피 농민에게는 250원 정도가 돌아간다고 한다. 국제커피시장에서 원두 1kg이

1.45달러에 거래되기 때문이다. 공정무역 방식으로 판매되는 커피 '히말라야의 선물' 200g 한 통을 사면 커피 농민의 손에 1000원 가량이 쥐어진다.

원두를 3배 비싸게 구입하는 데다 수익금 대부분을 커피 농가를 지원하는 데 쓰기 때문이다. 따라서 생산자에게 정당한 가격을 지불하는 공정무역 제품을 구입하는 일은 가장 대표적인 윤리적 소비 활동으로 꼽힌다.

우리나라 사람들이 '양탕국'이라고 했던 커피를 한 잔 마시면서 아름다운 생각을 함께한 아침이다.

주위를 살피는 삶

공격적인 육식동물은 눈이 얼굴 정면에 나 있지만 그렇지 않은 초식동물은 사방을 경계할 수 있도록 양 옆으로 나 있다고 한다.

우리 인간은 눈이 정면에 있는 것으로 보아 공격적이고 도발적이라고 생각해도 좋을 것 같다.

그래서인지 우리는 주위를 살피기보다는 앞을 보며 뛰어가는 생활에 더 익숙하다.

그리고 '나'를 중심으로 생각하려고 한다.

우리는 국사, 또는 세계사 시간에 최치원이 쓴 '토討황소격문'에 대해 들어본 적이 있다.

명名문장가였던 최치원이 쓴 글로 농민혁명가였던 황소가 너무 놀라 의자에서 떨어졌다는 이야기까지 곁들여 있다.

그러나 나는 참 엉뚱한 학생이었나 보다.

'황소는 무식하고 힘만 세다고 했는데 글을 읽고 놀라 떨어질 정도면 우선 장수감이 아니었겠구나. 그러나 당나라 서울인 장안을 점령할 정도라면 용맹하고 지략을 가졌을 것이고, 또 당나라를 공포에 몰아넣을 정도라니 분명 뛰어난 장수였음에 분명했을 것이다. 게다가 명문장을 알아볼 정도라면 그도 또한 명 문장가는 아니더라도 글을 잘 아는 사람임에는 틀림없었을 것이다.'

머리를 맴도는 이런 생각은 결국 황소의 난에 대해 좀 더 찾아보게 했고 역사의 기록은 사실과 차이가 있다는 것을 알게 되었다.

황소는 뛰어난 능력에도 불구하고 과거 시험에 낙방하자 소금 밀매업에 뛰어들어 엄청난 부를 축적했다고 한다. 그는 문장에도 뛰어나고 통솔력 또한 대단한 인물이었다.

이에 수많은 추종자들이 생겼고 이를 바탕으로 875년 황소의 난을 일으켰으며 무려 10년 동안 계속된다.

민중들 사이에 엄청난 지지를 받았던 그는 4년 후 남쪽의 주요 도시인 광주를 점령하고 2년 후인 881년에는 당나라 수도 장안을 함락시키기에 이르렀다.

이 정도면 당나라는 이미 멸망한 것이나 다름없다. 당나라는 돌궐 계 부족의 힘을 빌려 황소를 격파한다.

역사에서 패장은 설 곳이 없다.

황소가 단순하고 무식한 존재가 된 까닭을 짐작할 수 있다. 사실 황소가 어떤 인물이었든 우리가 관심을 가져야 할 이유는 그리 많지 않다. 다만 신라인이자 국제인이었던 최치원에 대해서 모른 척 넘어갈 수 없다.

그가 당나라에 간 까닭과 황제의 편에서 '토討황소격문'을 썼던 것, 그리고 신라로 돌아와 개혁 정치를 부르짖었던 것은 모두 민중과는 어느 정도 괴리가 있어 보인다. 그의 개혁이 실패로 돌아간 것은 6두품의 애절한 몸부림에 지나지 않기 때문이었을 것이다. 민중의 호응을 끌어낼 수 없었기 때문이다.

정치인들은 자신을 반대한 표에 대해서는 별로 언급하지 않는다. 이 반대표를 생각하지 않으면 임기 말에 도덕성이나 정치력에 심각한 위기를 맞이할 수 있다.

달콤한 권력에 취해 민중과 역사를 저버리지 말고 이 땅의 민중이 진정 원하는 것이 무엇인가를 분명히 알아야 한다. 역사는 잠시 속일 수는 있어도 영원히 속일 수는 없다.

청소년 자살 급증

무심코 넘어간 기사가 있다.

스스로 목숨을 끊은 초 · 중 · 고생이 전년보다 50% 가까이 늘어 처음으로 200명을 넘은 것으로 나타났다는 기사다.

우리나라 사람들 대부분이 교육 전문가인 현실에 이 문제가 그리 주목을 끌지 못했다는 사실은 의미심장하다.

국회 교육과학기술위원회 소속인 김춘진 민주당 의원이 교육과학기술부로부터 제출받아 공개한 자료에 의하면 지난해 목숨을 끊은 초 · 중 · 고생은 모두 202명으로 특히 지난해 크게 늘었다고 한다.

자살한 학생은 고등학생이 140명(69%)으로 가장 많았다.

자살 원인으로는 가정불화 · 가정문제 34%(69명), 우울증 · 비관 13%(27명), 성적비관 11%(23명), 이성 관계 6%(12명), 신체결함 · 질병 3%(7명), 폭력 · 집단 괴롭힘 2%(4명) 등으로 파악

됐다.

　몇 분 선생님들과 학생 문제를 어떻게 해결할 것인가를 고민한 적이 있다.

　학교에서는 학생 사안을 쉽게 다른 학교로 전학 보내는 것으로 해결한다. 우리들의 대화도 마찬가지였다.

　"심각하게 문제를 일으킨 학생을 계속 껴안고 있을 수 없죠. 당연히 다른 학교로 보내야 하는 것이 맞습니다."

　계속 데리고 있을 때 선량한 다수의 아이들에게 피해를 주게 된다는 점이 가장 큰 이유였다.

　"그럼, 그 학생은 문제가 해결됐나요? 학교는 문제를 다른 학교에 떠넘기는 것이고, 아이는 계속 그 문제를 껴안고 살아가는 거죠. 그럴 때는 어떻게 해야 하나요?"

　"그렇다고 계속 끌어안고 있을 수도 없죠."

　"저는 그래서 치료 개념이 도입되어야 한다고 봅니다. 학생들이 갖고 있는 문제를 정확하게 진단하고 치료할 수 있는 전문가가 학교에도 있어야 한다는 거죠. 예를 들어 상담심리전문가가 상주하여 학생을 치료해야 한다는 것입니다."

가정불화·가정문제, 우울증·비관, 성적비관 등의 자살 원인은 청소년들에게 기성세대의 관심이 매우 필요하다는 사실을 말하고 있다.

최근 들어 학생들은 심각한 정신적 불안 상태를 겪고 있다. 이런 상태에서 끊임없이 입시경쟁에 노출되어 있다. 그럼에도 아무도 그들의 정신적 불안을 치료해주지 않는다.

청소년기 자살은 충동성이 강하게 작용하여 순간적으로 이루어지고, 현실의 고통에서 벗어나 사후세계에서 해결하려는 사생관死生觀을 지니고 있다.

더구나 어려운 상황을 피하기 위한 도피성 자살이 많고 가족이나 친구에 대한 보복 심리에 의한 자살, 자기처벌로서의 자살, 욕구좌절에 대한 충동적 자살이 많다.

비전문가인 교사들이 심각한 정신적 갈등을 겪고 있는 학생들을 치료하기는 어렵다. 청소년들의 마음을 달래줄 전문상담가가 학교에 상주해야 한다.

천 명 이상의 청소년들이 10시간 이상씩 생활하는 공간에 그들의 심리를 보살필 사람이 하나도 없다는 사실은 우리가 얼마나 청소년 교육에 허술했던가를 말해준다.

그들이 외로움 속에서 답답했을 시간이 미안하고 안타깝다. 이제는 청소년들의 생명을 보듬는 부분까지 관심을 확대해야 할 때다. 미래가 창창한 청소년들이 귀한 생명을 헛되이 버리는 일이 더 이상 일어나지 말아야 한다.

탈출구는 어디인가

"중간고사 시험범위 가르쳐 주세요."

"이 부분이 시험에 나와요?"

"이번에 치르는 수행평가는 내신에 얼마나 반영되나요?"

1학년 교실, 고등학교에 입학한 지 이제 막 한 달을 넘어가는데도 아이들은 고3을 뺨친다.

"아직 다른 선생님들이랑 중간고사 범위를 의논하지 않았기 때문에 확실하게 들어간다, 들어가지 않는다는 말을 할 수 없어요. 그래도 평소에 수업을 열심히 들은 친구라면 좋은 성적을 받을 수 있을 거예요."

가장 일반적인 답변을 했지만 내심 당황했다.

마냥 철없는 고1인 줄로 알았는데 몇 해 전 아이들과도 많이 달라 보인다. 불과 며칠 전에야 부랴부랴 시험공부를 시작하고 심지어 당일 아침에 시험범위가 어디냐고 호들갑스럽게 확인하는 아이들이 있었는데 올해는 상당히 일찍 관심을 보이고 있다.

"선생님, 수행평가가 왜 논술이에요?"

단원이 끝나자 확인문제를 간단한 논술 형으로 냈더니 몇 녀석이 난리다.

학기 초, 그 해 대입전형 안이 발표되면 고3 교실은 한 차례 홍역을 치른다. 올해 정시는 수능이 중심이 되고 수시는 대학별고사가 중요한 변별 요소가 되고 있다.

"수능이 강화된다, 그렇지 않다고 하여 혼란스러워하는데 그럴 필요는 없어요. 어차피 수능은 우리가 거쳐야 할 관문이고, 내신은 수능을 착실하게 준비하면서 대비할 수 있는 것이죠. 수능 강화라는 입시 정책은 내신이 상대적으로 불리한 특목고 학생들을 겨냥했기에 우리에게 불리한 것은 사실입니다. 그러나 그것은 최상위권이나 상위권 학생들에게 직접 영향을 미치는 것이고 중상위권 학생들은 지금까지 해온 대로 꾸준히 하는 것이 중요합니다."

고3 수업시간에 제법 긴 시간을 할애하여 대입의 개략을 말했다. 인문계 학교에서는 무엇이든 다 대학입시와 연결이 된다. 봉사활동도, 수상도, 심지어는 동아리 활동과 계발활동도 모두 대학입시와 관련이 있다.

예전에는 '죽음의 트라이앵글'이라고 했는데 이제는 '사면의 벽'이라고 한다.

학생과 함께 학부모, 교사도 그 틀에 들어가게 된다.

오죽하면 아이가 수험생이면 온 가족이 수험생이 된다고 하지 않는가. 그런데 갈수록 점점 더 심해지는 것 같다.

한창 가치관이 형성되어야 할 시기에 아이들은 모두 똑같은 곳을 바라보며 걸어가고 있다.

내가 먼저 가지 않으면 낙오자가 되는 현실 속에서 다양한 삶을 향한 탈출구는 전혀 보이지 않는다.

서로의 생각이 다르고 생김새가 다르듯 우리가 살아가는 삶은 무척 다양하다. 그럼에도 우리 아이들이 학교에서 배우는 것은 모두 똑같이 살아가라는 것이다.

학교의 안전시스템은 과연 안전한가

불안하다. 지구촌 곳곳이 몸살을 앓고 있다.

전국을 강타한 구제역으로 뭇 생명이 생매장당하더니, 이번에는 중동 지역이다. 시민 혁명의 도미노는 리비아에서 새로운 국면을 맞고 있다. 언론에 간간이 들려오는 소식으로는 진상을 알기 힘들지만 어쨌거나 민중들이 겪는 고통은 공포를 넘어서는 것 같다.

뉴질랜드에서 지진이 일어나더니 가까운 일본에서 강력한 지진과 쓰나미로 엄청난 희생이 일어났다. 게다가 핵발전소가 위태위태한 모양이다.

급기야 성금모금이 메이저 언론사를 중심으로 들불처럼 번진다. 물론 남의 어려움을 보고 그냥 지나칠 수 없는 것이 인지상정이지만 어쩐지 호들갑스럽다. 무슨 일이 있을 때마다 우리 국민의 눈물샘을 자극하는 것 같아 이제는 짜증날 정도다.

이웃 나라에서 핵발전소 사고가 커질 무렵 우리 국민들의 불안도 더불어 커졌다. 친환경이라는 광고만 믿고 그다지 의식하지 못했던 핵발전소가 우리도 수십 기가 있다는 사실을 새삼 알게 되었다.

그러다보니 과연 우리는 안전할까라는 의구심이 들었다. 연신 전문가들이 나온다. 그런데 모두들 바람의 영향으로 우리나라는 전혀 피해가 없을 거란다. 쓰나미도 일본이 방패가 되어 우리는 피해가 없다고 하더니 이번에는 방사능 오염 물질도 역시 바람이 우리 편이란다.

정말 하느님이 보우하사 우리나라 만세다.

과연 우리의 안전시스템은 안전한가.

이런 일을 계기로 우리는 안전시스템에 대해 일제히 살펴보아야 한다. 학교에서도 학생들의 안전을 위해 시설과 매뉴얼을 점검해야 한다. 사실 우리의 학교 시설은 얼마나 안전 취약 지대인가. 이번 난리 통에 메일로 안전하다고 알려온 지인의 말이 얼마나 부러운지 모르겠다.

'시스템이 너무 잘 되어 있어요. NHK방송에서 모든 것을 통제해 줘요. 첫날은 사무실에서 있다가 대피했어요. 건물이 무너지지 않으면 집이 가장 안전하다고 해요. 대피 장소는 학교 운동장이에요. 지진이 심하면. 머리 위에 아무 것도 없는 곳이 학교 운동장이잖아요. 일본은 참 존경스런 나라네요. 이런 대형 참사를 겪으면서도 모든 사람들이 다른 이를 먼저 걱정해요. 약탈 같은 것도 없고, 마트에서 서로 살려고 싸우는 것도 없고, 먼저 가려고 빵빵거리지도 않고. 몇 시간이나 자동차 안에서 기다려요. 길이 순조롭게 열릴 때까지. 모든 것이 지진과 쓰나미에 맞추어져 있어요.'

이번 일본의 불행을 보면서 반면교사로 삼아야 한다.

몇 년 전, '좋은 학교 만들기' 모임에서 학교 평가를 위해 평가기준을 만들었다. 모두들 진학 결과에 초점을 맞추어 토론을 할 때 안전 전문가 한 분이 하셨던 말이 아직도 생생하다.

"가장 중요한 것은 안전입니다. 학교 시설이 우리 아이들을 얼마나 보호할 수 있는지를 먼저 점검해야 합니다. 그리고 함께 지낼 수 있는 공간인지 살펴보아야 합니다."

저절로 탄성이 나왔다. 그렇다. 온 나라가 경쟁과 효율에 치우쳐 우리 아이들을 위험한 상황에 빠져들게 하는 것은 아닌지. 이번 기회에 학교는 안전한지 다시 한 번 우리의 안전 시스템을 점검해 볼 필요가 있다.

햇볕에 날개를 말리고 있다

　백석의 〈여승〉은 명확한 서사구조 속에 간결하면서도 절제된 슬픔이 담겨 있는 아름다운 시다. 이 시의 마지막 연.

　'산 꿩도 섧게 울은 슬픈 날이 있었다.
　산 절의 마당귀에 여인의 머리오리가 눈물방울과 같이 떨어진 날이 있었다.'

　여인이 머리 깎는 모습을 간결하게 읊고 있다. 회한이 눈물이 되어 '똑' 떨어질 때 그 위로 치렁치렁한 검은 머리카락도 떨어진다.
　머리 깎는 이 여인의 마음은 어떠할까?
　우리는 일이 잘 안 풀릴 때, 심적으로 많은 변화가 있을 때 머리에 손을 댄다. 남자들도 그렇지만 여자들에게 더 극명하게 나타나는 것 같다.

전에 근무했던 학교에서 있었던 일이다.

당시 여자 반을 담임하고 있었다. 지금이나 그때나 변한 것이 별로 없으니 입시에 대한 부담은 같았으리. 민지라는 얌전하고 예쁜 아이가 있었다. 영화감독이 꿈인 이 아이는 자연계인 우리 반에서 인문계 공부를 하고 있었다. 남들이 모두 수학과 과학을 공부할 때 이 녀석은 영어와 사회책을 펴 놓았다.

여름방학이 끝나고 개학하는 날, 교실에서는 비명소리와 함께 웃음소리가 높았다. 그때 우리 반 교실은 바로 교무실 옆이었기에 교실에서 일어난 일은 생중계되듯 아이들의 말소리가 그대로 들려왔다.

"민지야, 이게 어떻게 된 거야."

"어떡해. 어떡해…."

호들갑 떠는 아이들의 소리와는 달리 민지의 반응은 별로 없었다. 워낙 얌전했고, 금방 얼굴이 빨개지는 아이라서 그러려니 생각하며 무심히 교실에 들어갔다.

그런데, 그런데 이 무슨 일인가?

저쪽 구석 자리에 빨개진 얼굴로 고개를 숙이고 있는 녀석의 머리가 하얗게 보였다. 완전히 삭발을 한 것이다. 다른 아이들이 제법 치렁치렁한 머리카락을 늘어뜨리고 있는데 말이다. 놀라웠지만 웃음이 먼저 터져 나왔다. 급기야 온 교실이

웃음바다가 되었다.

하도 공부도 안 되고 마음이 뒤숭숭해서 머리를 확 잘랐더니 먼저 아빠, 엄마가 놀라고 친구들이 야단이고 선생님마저 놀라게 해서 죄송하다며 머리를 긁적대는 녀석이 그래도 참 예뻐 보였다.

심경이 변해서 머리를 깎는다면 가위질에 따라 그 마음은 요동칠 것이다. 그러니 머리를 깎는 것은 대단한 결심의 표현이기도 하다. 요즘 새로운 일꾼이 되겠노라고 나서는 분들이 많다. 힘들고 어려운 일을 기꺼이 하겠노라고 나서지만 욕심의 머리를 다 밀어버리고 산뜻하게 나서는 이는 없어 보인다.

몇 번이나 마음을 다잡고 천 길 낭떠러지 위에 있는 아슬아슬한 마음으로 경건하고 무거운 마음으로 민중을 두려워하는 그런 분들은 아직 보이지 않는다.

회색의 급소

어렸을 때 함석집에서 산 적이 있다.

낮은 지붕에 소낙비라도 쏟아지는 날에는 빗방울 울리는 소리가 장쾌했다.

방안에서 주고받는 이야기도 제대로 들리지 않았다.

그래도 그건 괜찮았다.

우박이라도 쏟아지면 그때는 공포 그 자체였다.

탁 탁 탁, 지붕을 때리는 소리는 가슴을 때리며 불안에 떨게 했다. 금방이라도 집이 무너지고 우박 아래 노출이 되고 말 것 같은 두려움이 엄습했다.

더 어렸을 때는 초가집에서도 살았다.

비가 오면 초가집은 눅눅한 기운이 퍼졌지만 시끄럽지는 않았다. 좀 더 눅눅해지면 어머니는 부엌에 나가 불을 지폈다. 매캐한 연기 냄새가 온 방에 가득할 즈음에는 방에 온기가 퍼지고 가끔은 다리 여럿 달린 벌레들이 기어 나와 방안 여기저기 기어 다녔다.

　요즘 정치를 보면 답답하다.

　북이나 실컷 치면 좋겠다.

　회색의 급소를 찔러버리고 싶은 마음이 가득하다.　무언가 답답할 때면 그 답답함이 자신을 짓누를 때면 아주 날카로운 그 무엇으로라도 확 뚫어버리고 싶은 심정을 느낀다.

　요즘 현실을 보노라면 한없이 답답함을 느낀다.

　본질은 자꾸 숨기고 왜곡하려는 의도가 너무나 선명한 일련의 일들이 각종 언론을 통해서 연일 쏟아지는 것을 보고 있노라면 '둥, 둥' 북이나 신나게 치고 싶다.

제 3 부

공 감

공감하기

세 친구가 있다. 성경 '욥기'에 나오는 이야기다.

욥은 의인이라고 했다. 그런데 사탄(악마)이 많은 시련을 주면 욥의 믿음도 변하리라 생각했다. 많은 재산, 소중한 아들딸, 심지어는 몸을 병들게 하여 고통에 빠지게 했다. 아내조차 '하나님을 욕하고 죽으라.'는 말을 할 정도로 상황은 악화되었다. 이 소식을 들은 세 친구가 욥을 위로하기 위해 왔다. 욥을 보자 자기 겉옷을 찢고 하늘을 향하여 티끌을 날려 자기 머리에 뿌리고 말없이 칠일 밤낮을 욥과 함께 땅에 주저앉아 있었다. 물론 이후 그들은 욥이 죄로 말미암아 벌을 받고 있다고 주장하여 욥과 격론을 벌인다. 하지만 고난에 빠진 욥을 떠나지 않았다.

무엇을 잘못했는지 녀석은 아까부터 교무실 한구석에 서서 담임선생님께 야단을 맞고 있었다. 고개를 푹 숙이고 있었지만 큰 눈망울을 이리저리 굴리며 교무실을 살폈다. 학교는 온통 축제

속으로 빠져들었다.

　운동장에서는 투호놀이, 물 풍선 던지기, 제기차기가 한창이고, 학부모들이 운영하는 먹거리 장터에도 아이들은 빼곡했다. 이미 교과체험 장소는 아이들로 넘쳐났고 동아리들은 큰 목소리로 친구들을 불렀다.

　열띤 공연을 보고 조금 일찍 교무실로 돌아오는데 녀석은 복도에 나와 있었다. 쭈뼛쭈뼛 나에게 오더니 손을 잡는다. 나는 녀석 손을 잡고 복도를 걸었다. 나란히 함께 걸으니 복도도 꽤 고즈넉한 산책로가 된다.

　"우리 아빠 참 무서워. 너무너무 무서워. 화가 나면 도망가야 돼."

　아빠라는 말을 떠올리는 것만으로도 녀석은 몸서리를 친다.

　"아빠가 왜 그렇게 화가 나셨을까?"

　이 말에 녀석은 배시시 웃으며 걸음을 멈추고 나를 본다.

　"에이. 그거야 내가 집에 늦게 들어갔기 때문이지."

　녀석은 수업이 끝나기 무섭게 가방을 들고 도망간다.

　"조금 기다렸다가 담임선생님 종례를 받고 가면 되잖니? 그거 잠깐인데 왜 못 참아?"

　"응. 참으려고 하는데 다른 친구가 가면 나도 막 가고 싶어. 그땐 못 참겠어. 나도 모르게 어느새 교문 밖에 나가고 있는 거야."

"그럼 왜 집에는 늦게 들어가?"

복도 이 끝에서 시작한 산책은 저 끝까지 벌써 두 번째 이어진다. 그래도 모처럼 터진 녀석 얘기는 끊어지지 않는다. 듣는 재미가 쏠쏠하다.

엄마랑 통화를 하면서 마침내 녀석의 큰 눈망울에는 눈물이 맺히기 시작했다.

"내가 그런 걸 어떻게 해? 나도 안 그러고 싶어. 하지만 나도 모르게 그렇게 된단 말이야."

아마도 어머니께 야단을 맞는 것 같다.

이내 조용히 교무실을 빠져나가다가 나를 보고는 생긋 웃는다.

그저 옆에 같이 있어준 것으로도 위로가 되었을까.

공감은 같이 있어주는 노력이라고 한다.
말이 없더라도 옆에 있는 것으로 든든하다.
우리는 아이들에게 자꾸 설명하려고 한다. 깨닫게 하려고 애를 쓴다. 그러나 정작 그들이 힘들 때 옆에 있는 사람은 별로 없다. 같이 있는 것만으로도 아이들에게는 가장 중요한 위로다.

'관리'가 아니라 '시간'이 필요한 아이들

글을 쓰거나 컴퓨터 작업을 할 때면 라디오를 틀어놓는다. 익숙한 클래식 음악이 나오기도 하고 요즘 인기 있다는 걸 그룹의 상큼 발랄한 노래가 귀를 즐겁게 한다. DJ들이 날씨 얘기를 늘어놓거나 세상 돌아가는 이야기를 한다. 기계적인 일상처럼 그렇게 하루가 흐른다.

대학입학시험이 서서히 끝나면 곧 분석이 나온다. 늘 그렇듯 말도 많고 탈도 많았지만 그 모습 그대로 한 과정이 끝나고 있다. 그 어느 해보다 졸업생들이 강세를 보였다는 통계가 나온다. 35% 이상 최대 62%까지 합격했단다. 수능 난이도가 높았기 때문이라고 한다.

그래서일까. 일찌감치 신문광고란에는 재수생을 끌기 위한 학원 광고가 많았다. 고득점 재학생은 일찌감치 재수의 길로 들어섰고, 내년 대입에서도 여전히 강세일 것이란다.

벌써 고3이 되는 학생들은 또 새벽별보고 집을 나서고 별보고 돌아온다. 입시와 관련 있는 사람들은 마술사처럼 효과적인 학습법, 시간 관리법, 비교과관리법 등등 각종 비법의 봉인을 푼다. 이미 세상은 유사한 비법으로 충분히 넘쳐 오히려 사람들은 더 혼란을 겪지만 그럴수록 마술사들은 더욱 현란한 기술을 사용하여 시선을 사로잡는다.

최근에는 독서관리도 마술사들의 비밀단지에서 풀려나왔다. 초등학교에서부터 체계적으로 관리하고 독서 활동을 통해 대학에 들어갈 수 있도록 관리한다는 이 비법은 15~6년 전, 이 땅을 휩쓸었던 논술문파의 비기秘技가 연상된다.

글쓰기나 책읽기는 듣기와 말하기처럼 표현과 이해의 기본적인 과정이다. 몸이 느끼는 자연스러움이다. 그럼에도 불구하고 이조차 '관리' 해야 한다. 하긴 새벽부터 뛰다시피 등교하면 바로 교실에 앉아 문제 풀고 밤늦은 시각까지 교과서를 들여다보아야 하는 우리 젊은 친구들이 책 읽을 시간이나 있을까? 공공 도서관에 나갈 시간은 더욱 부족하다. 그러니 '관리' 하겠다고 나선다.

'책을 읽으니 사람다워지더라.' 가 이제는 '책을 읽으니 대학이 변하더라.' 로 바뀐다. 우리는 갈수록 더 천박해지는 것 같다.

　사람은 명작을 읽고 감동을 받는다. 감동感動이란 무엇인가.
'느끼고' '움직이는' 것이다. 짜릿한 충격이 영혼 깊은 곳
에 자리 잡아 그 사람을 변하게 만든다. 아주 어렸을 때 읽은
《콩쥐팥쥐》가 그럴 수 있고, 어렵게 읽은 《자본론》이 그럴 수도
있다. 누구는 문학에 감동을 받고 또 누구는 실용서적이 더
필요할 수 있다.

　독서와 사색은 인간이 인간답게 살기 위한 본능이다. 이러
한 본능조차 '관리' 하겠다고 나서는 모습에서 대학입시제도
가 우리를 얼마나 왜곡시키고 있는가를 짐작하게 한다.

　우리 친구들은 '관리' 가 필요한 것이 아니다.
　이미 지나치게 관리를 받고 있다. '시간' 이 필요하다.
　젊은 시절에 다양한 경험을 할 수 있는 '시간' 이 있어야 한다.
　독서는 입시의 도구가 아니다. 분초를 다투어 만들어야 할
스펙이 아니다. 삶을 기름지게 하고 영혼을 풍부하게 한다.
어느 곳에서나 흔하게 사색에 잠겨 있는 고등학생, 시집에
빠져 있는 선한 눈망울의 중학생, 소설을 읽고 밤새 입씨름
하는 젊은 친구들의 모습을 보면 좋겠다.

기다려야지요

갑작스런 전화는 늘 불안하다.

그날도 그랬다. 발신번호가 매우 익숙하다. 잘 아는 번호다. 매번 반갑게 서로 안부를 묻곤 했던 사이라 잠겨드는 목소리를 가다듬고 전화를 받았다.

"큰일 났습니다. 그래도 꼭 전해야 할 것 같아 전화 드렸습니다."

우연히 걸음을 한 이후 각별한 사이가 된 국 선생의 딸 소식이었다. 아빠를 닮아 소리에 남다른 재능을 보여 여기저기 소리를 하고 다니던 딸이 의식불명이 되었다고 했다. 이 무슨 소리인가. TV에서나 나올 법한 일이 내 주위에서도 일어난 것이다.

남쪽 큰 도시 병원에 딸아이는 누워 있었다. 아주 청초한 모습으로, 금방이라도 일어나 소리를 할 것처럼 그렇게 누워 있었다.

"이 녀석아. 아빠 친구 왔어. 그렇게 잠만 자지 말고 일어나 봐. 일어나 소리 한 자락해야지."

국 선생은 안타까운 목소리로 딸아이 귀에 대고 말했다. 숨소리가 약간 높아졌다. 엄마는 병원에서 늘 함께 지낸다고 했다. 딸아이가 일어나면 가장 먼저 엄마를 찾을 것이라고 했다.

"멀리서 온 손님을 그냥 보낼 수는 없제. 우리 집에 갑시다. 가서 막걸리라도 한잔 합시다."

이런 상황에서 손님을 챙길 여유가 있던가. 그래도 억지로 잡아끈다. 어둔 밤길을 달려 숲 속에 근사하게 앉힌 집에 들어섰다. 하늘에 별이 맑다. 겨울 찬바람에 씻겨 별은 더 투명하게 보인다. 며칠 전에 내린 흰 눈이 별빛을 받아 반짝반짝 빛난다.

"처음에는 왜 이런 일이 내게 생기나 하고 원망도 했죠. 그런데 이제는 모든 게 고마워요. 녀석이 잠시 쉬고 있는 거라고 생각합니다. 완전해지리라 믿어요. 깨어나겠죠? 깨어나리라 믿어요."

위로의 말을 채 꺼내기도 전에 국 선생은 더 굳게 다지고 있었다.

"기다려야지요. 기다릴 것입니다. 부모니까요."

이 말이 그렇게 강하게 다가올 수 없다.

의사가 3일 만에 마음의 준비를 하라고 할 때부터 이미 기다릴 생각이었단다. 저런 정성이면 아이는 곧 깨어나 더 완전해질 것이라는 믿음이 생겼다.

마침 우리 자리에는 교직을 그만두고 전국을 자유롭게 여행을 하는 분도 함께 했다. 웬만한 길은 거의 걸어 다니고 경치 좋은 곳, 사람 좋은 곳을 찾아다닌 지 오래 되었다고 했다.

"그래요. 지금 다들 조급해요. 불안한 마음이 앞서 성급하지요. 학교도 이제 겨우 아이들에게 기회를 주고는 금방 불안해하잖아요. 겨우 인권의 첫 발을 디뎠을 뿐인데도 온통 불안한 소리지요. 기다려야지요. 기다려 보자구요."

오늘 밤은 모두들 기다리자고 한다. 그래 크고 넓게 봐야 한다. 넉넉한 마음으로 생명이 살아나기를 기다리는 마음으로 느긋하게, 정성을 다하면서 그렇게 늘 기다려야 한다.

그 자리에서 현직 교사인 나는 정작 할 말이 없었다. 그저 귀 기울이며 들을 수밖에는.

낯선 시간 속으로

우리 집 강아지 보리란 놈은 어떤 때는 철학자처럼 깊은 사색에 빠져 있기도 한다.

가부좌를 틀고 선에 빠진 노스님처럼 햇살 좋은 창 쪽에 앉아 창밖을 무심히 바라보는 모습이 가히 평온해 보인다. 뒤에서 보면 영락없이 가부좌를 튼 스님의 모습이다.

이럴 때면 그 놈의 사색을 행여 방해라도 할까 조심하며 살금살금 다가간다. 마침내 눈이 마주치면 녀석은 그 투명한 눈으로 바라보기만 한다.

'저도 사색할 시간은 필요합니다. 물러가십시오.'

이쯤 되면 시선을 슬그머니 피하고 창밖을 내다본다.

그런데 오늘, 그 놈이 앉아 있는 그 자리, 그 옆에 서서 창밖을 내다보다가 갑자기 눈이 황홀해졌다.

마침 하루해가 넘어가는 시각이라 엷은 홍시 같은 햇살이

울긋불긋한 나뭇잎에 걸려 있었다. 한 폭의 수채화였다.

노란 은행잎은 햇살 얹어 더 노랗고, 빨간 단풍잎도 더 붉었다. 멋없는 플라타너스도 햇살 끌어 제 잎에 얹었다.

그 자리에 멈춰 해가 다 넘어갈 때까지 꼼짝 못 하고 서 있었다. 보리 녀석도 내 옆에서 몸을 꼿꼿이 하고 있었다.

나는 4월과 11월을 참 좋아한다.

4월은 그 여린 잎들이 앞 다투어 피어나는 모습이 너무나도 예뻐 좋아한다. 하지만 11월은 그냥 좋다.

몸에 다가오는 상쾌한 한기寒氣도 기분 좋고, 떨어지는 나뭇잎이 깔린 도로의 그 바스락거림을 좋아한다.

엷게 바래가는 마른 풀잎 냄새를 맡으며 조용한 음악 듣는 것을 즐기고, 추수 끝난 들판의 빈 공간에서 나를 비우며 돌아오는 시간을 미칠 듯 좋아한다.

낙엽을 보며 우리는 무슨 생각을 할까?

유하라는 시인은 거추장스러운 몸의 속임수를, 사랑을, 증오를 모두 버리고 무심의 낙엽으로 뒹굴 것을 제언했다. 아니, 그 생각조차 벗어버리고 노란 시간 속으로 뛰어들라고 한다. 사랑한다는 말도, 미워하는 몸짓도 그것은 한 꺼풀 몸의 언어인 것을, 우리는 얼마나 많은 시간을 몸의 노예로 살면서 낭비해 왔는지 모른다. 어쩌면 평생 벗어버리지 못하고 무덤 안으로 가져갈 것이다.

겨울을 준비하는 나무는 우리에게 이렇게 말한다.

'떠나보내지 않으면 새 잎을 키울 수 없습니다. 바깥 날씨가 추워질수록 우리는 깊은 성찰을 통해 자신을 담금질해야만 그 자리 새로운 생명을 맞이할 수 있습니다. 무거운 몸으로는 가질 못합니다. 집착 버리고 미련 모두 버려 온전히 욕심의 물기 다 빼야 합니다.'

떨어지는 낙엽을 보면서 스스로를 돌아보자.

한결 가벼워진 차림새를 한 나무들 사이를 천천히 걸으면서 높고 깨끗한 가을 하늘 바라보며 나를 낮추면 좋겠다. 그렇게 천천히 겨울을 준비하고 새 봄을 맞이하는 우리가 되길 빈다.

내가 존재하는 이유

이런 곳에서 녀석들을 만나니 색다르다.

벌써 몇 달. 쌀쌀한 겨울바람이 불어오기 시작할 무렵 헤어졌는데 산수유, 개나리, 진달래가 화사하게 피는 4월이 빠르게 지나간다. 녀석들도 2학년에서 3학년으로 올라갔고 그 사이 시험도 쳤다.

"여기서 보니 우리 아이들 참 예쁘네."

쪼르르 쫓아와서 공손하게 인사하기도 하고, 손 흔들기도 하는 것을 보니 참 반가웠다. 산뜻하다.

학교를 잠시 벗어나 경기도진학지원센터에서 근무하고 있다.

이곳은 대입진학 업무를 도와주고 학교 현장을 지원하는 곳이다. 때로는 강연을 나가기도 하고, 입학 관련 자료집을 만들어 보급하기도 한다. 온라인 상담, 대면상담 등을 하다보면 하루가 어떻게 흘렀는지를 알 수 없다.

그래도 학생, 학부모들이 필요로 하는 기대치에는 못 미친다. 그것을 알기에 24시간을 쪼갠다.

학교에서는 주로 2학년 아이들을 가르쳤다.
신설학교라 녀석들에게는 선배가 없었다.
그 점이 안타까워 선배 역할도 하고 아빠가 되기도 했다.
마침내 녀석들은 나를 아빠라고 불렀다. 하긴 녀석들과 동년배인 아들이 있으니 아빠긴 아빠지.
어쨌든 내가 알고 있는 모든 것을 녀석들에게 전하고 싶었다. 이주노동자 밀집 거주 지역이라 환경은 그리 좋지 않았다. 버스 노선도 많지 않아 아이들은 힘들게 학교에 다녀야 했다. 무엇보다도 가정환경이 좋지 않았다. 사건 사고는 연일 일어나고 학교에 흥미를 잃은 아이들이 생겼다.

하지만 다행인 것은 아이들은 착했다. 밝았다.
그런 녀석들이 힘이 되었다.
녀석들의 목소리가 들리면 신이 났고 그들에게 새로운 것을 알게 하는 시간이 좋았다. 그래서 많은 시간을 함께했다.
물론 화가 날 때도 많았다. 답답할 때도 있었다. 야단치기도 하고 두 번 다시 안 볼 것처럼 돌아서기도 했다. 시킨 과제를 하지 않아 수업이 진행되지 않기도 하고, 약속된 시간이 되었 건만 한 녀석도 나타나지 않아 혼자서 빈 교실을 지키기도 했다. 그러다가도 녀석들 미소 한 방이면 흐물흐물 모든 것이 녹아내렸다. 그렇게 정이 쌓였다.

오늘, 녀석들의 담임교사가 결혼을 했다.

그 장소에 모두 달려와 축하를 하다가 나를 발견하고는 쫓아왔다. 뒷자리에 가만히 서 있다가 얼른 나왔는데도 예민한 녀석들의 눈썰미는 나를 포착했나 보다.

"선생님, 언제 오실 거예요? 다시 안 오실 거예요?"

"아니, 가야지. 너희들을 보러 가야지."

비록 짧은 만남이었지만 내 존재 이유를 다시 확인한 귀한 시간이었다.

교사의 행복은 다른 곳에 있지 않다.

아이들이 쪼르르 달려와 매달리는 그 순간이 가장 행복하다. 녀석들의 맑은 눈망울 속에서 세상을 발견하고 생명의 가치를 찾는다.

요즘 학교 현장이 어렵다고 한다. 그러나 그것은 아이들이 변해서가 아니라 우리가 가지고 있는 틀이 너무 좁기 때문이다.

더불어 사는 능력 세계 꼴찌

한국청소년정책연구원은 최근 세계 중학교 2학년 학생을 대상으로 설문한 'ICCS(국제 시민의식 교육연구)' 자료를 토대로 36개국 청소년의 사회적 상호작용 역량 지표를 계산한 결과, 한국이 0.31점(1점 만점)으로 35위에 그쳤다고 발표했다.

한국 청소년은 지역사회단체와 학내 자치단체에서 자율적으로 활동한 실적의 비중이 높은 '관계 지향성'과 '사회적 협력' 부문의 점수가 모두 36개국 중 최하위(0점)였다는 것이다.

뭐 그리 새삼스럽지는 않다. 충분히 예견된 일이 아닌가.

많은 교육정책 입안자들이 교육 틀을 바꾸기 위해 노력을 했고, 뜻있는 교육자들은 새로운 학교를 만들었거나 지금도 만들고 있다. 이런 새로운 학교에서 한결같이 시도하는 것이 바로 자아를 찾고 공동체를 형성하는 일이다. 우리 교육이 약한 부분에 공감을 했기 때문이다. 그래서 대안학교가 여기저기 세워졌고 공교육 내에서는 혁신학교 모델을 새롭게 창출하기 위해 애쓰지 않는가.

그러나 이러한 노력이 있음에도 불구하고 불안감은 계속 남아 있다.

그것은 서열화를 통한 경쟁교육에 대한 미련을 갖고 있는 사람들이 많다는 사실이다. 물론 서열화니 경쟁교육이니 하는 것이 꼭 나쁘다는 의미는 아니다. 하지만 우리 사회가 지나치게 경쟁 위주로만 나가다보니 삶의 질이 그만큼 팍팍해졌다. 반면에 우리 전통 사회가 갖고 있던 공동체 정신, 더불어 함께 살아가는 사회의 모습은 사라지고 '나만 아니면 돼' 라는 막무가내 사고가 만연해진 것이다.

최근 학교 현장에는 교사에게 대드는 학생들이 많아졌다.
인권 조례가 발표된 이후 이를 아무렇게 행동해도 된다는 식으로 오해한 학생들과 그동안 권위의식을 방패로 삼아 그 뒤에 안주하던 교사들이 방향을 찾지 못해 생겨난 단기간의 혼란일 뿐이다. 이런 혼란이 상호 존중으로 이어지고 본연의 위치를 찾기 위해서는 교육의 큰 틀이 경쟁구도에서 더불어 살아가는 공동체 정신을 가르치는 모습으로 변해야 한다. 그 속에서 다양성이 조화를 이룰 수 있다.

모두가 한 방향만 바라보는 획일화에 길들여진 사회에서는 아무리 노력해도 '관계 지향성'이니 '사회적 협력'이니 하는 부분이 좋아질 리 없지 않은가. 더구나 이번 설문에서 높은 점수를 받은 부분은 민주적 절차에 대한 지식을 중시한 '갈등 관리' 부분이라는 것은 우리 교육 분위기가 어떤지를 잘 말하고 있다.

이번에 조사한 사회역량 지표 항목이 '관계 지향성', '사회적 협력', '갈등 관리'의 3개 영역에서 국가별 표준화 점수를 매기고, 이 결과를 평균해 계산하는 것으로 각 영역 점수는 지역사회·학내 단체의 참여 실적, 공동체와 외국인에 대한 견해, 분쟁의 민주적 해결 절차 등을 묻는 설문 등의 결과였다는 사실은 글로벌 시대에 우리가 추구해야 할 교육 가치가 지나치게 외국어 교육, 실용교육 쪽으로만 쏠려서는 안 된다는 것을 의미하기도 한다. 우리 아이들에게는 가치관이나 철학을 탐구할 수 있는 충분한 시간이 필요하다. 그리고 기성세대들도 진정한 생명 가치를 중심에 두는 사회 분위기를 만들 의무가 있다.

모두 선생님 탓이에요

모르겠다.

고개를 설레설레 흔들며 다시 학교로 올라가는 발걸음이 무겁다. 조금 전 녀석의 눈빛이 아직도 매섭게 남아 있다.

추석 연휴를 앞둔 학교는 들떠 있었다.

아이들도 집중이 되지 않았다.

한 시간 진행하는 것이 어느 때보다 더 힘들다. 빨리 고향으로 떠날 마음에 학부모들은 계속 전화를 했다. 이미 수업은 안중에도 없었다.

심지어 아무런연락도 없이 가족과 함께 고향으로 내려간 학생들도 있었다. 어수선한 시간이 느릿느릿 흐르고 있었다.

녀석을 만난 것은 그때였다.

평소보다 일찍 식사를 마친 나는 천천히 교정을 산책했다.

학교 주변을 돌아 교문 아래 있는 공원까지 걸었다. 지난 태풍에 뿌리 뽑힌 덩치 큰 신갈나무가 서서히 생을 마감하고 있었다.

"너희들 지금 어디 가니?"

다시 교문을 들어서는데 낯익은 아이들이 내려온다. 둘 다 같은 반 아이들이다. 한 녀석은 다리에 붕대를 감았다. 담임선생이 서명한 조퇴증을 가지고 있다.

허락을 받아 병원에 가는 길이란다. 잘 다녀오라고 말하는데 옆에 있던 녀석은 그냥 간다. 이름을 불렀다. 늘 한쪽 구석에 엎드려 자는 녀석으로 수업에는 도통 관심이 없는 아이다.

"너는 왜 조퇴증이 없니? 담임선생님 허락을 받지 않았구나."

녀석은 더 이상 학교에 있기 싫어 무단으로 가던 중이었다. 담임선생님께 가서 조퇴증을 끊어오라고 말하니 막무가내로 듣지 않는다.

그냥 돌아서서 가려는 녀석 옷을 잡았다. 놓으라고 뿌리친다.

그래, 그럼 놓으마. 그런데 넌 이대로 가면 무단 조퇴다. 그래도 담임선생님 허락을 받고 가야 하는 게 도리 아니겠니.

기어이 뿌리치고 교문 밖으로 나간다.

화가 났다. 도대체 이렇게 학교를 다니는 까닭이 뭐야. 이렇게 끔찍하게 싫어하는 일을 하면서 시간을 낭비하는 이유가 무엇일까. 답답하다.

"너 이렇게 하려면 학교 오지 마라."

녀석이 홱 돌아섰다. 그리고 사납게 쏘아본다.

"제가 만약에 잘못되면 모두 선생님 탓이에요."

이게 무슨 말이지. 어안이 벙벙했다.

자기 마음대로 나가면서 왜 내 탓이란 거지.

교무실로 돌아와 학급 담임한테 물으니 번번이 그런다는 것이다. 학기 초에도 몇 번이나 교과 선생님들하고 마찰이 있었고 그때마다 녀석은 '선생님 탓' 을 운운했다는 것이다. 허허, 웃고 말았지만 기분이 좋지 않았다. 이런 말로 자신을 보호하는 방패로 삼은 것인가. 아니면 상대를 공격하는 무기로 삼은 것인가.

갈수록 아이들을 대하는 일이 어렵다.

길버트 하이트는 '그들이 자기 스스로든 다른 누구든 상처 입히지 않도록 도와주고 그들에게 연민을 품는 것' 이라고 한다.

'학교 오지 마라' 고 한 내 말이 녀석에게는 상처가 될 수 있겠다. 학교는 꼭 다녀야 할 곳이라는 생각이 있겠구나.

미안하다. 그런데 이놈아, 나도 한 마디 하마.

내가 잘못되면 그건 모두 네 탓이다.

밖으로 뜨는 달

2, 30대는 열정으로 살아간다.

자기 꿈을 향해 성큼성큼 발을 옮긴다. 걸음이 너무 커 제 몸이 미처 따라가지 못해도 더 멀리 걸음을 떼어놓는다. 그래도 그 시절은 그러한 열정이 아름답다.

밤새 비를 맞아도, 온 밤 지새운 격렬한 토론도, 최루 가스로 뿌연 거리를 미친 듯 싸돌아 다녀도 '나' 보다는 '우리'를 위해 서로 어깨를 걸 수 있었다.

어느 순간, 주위를 돌아보니 그때 같이 어깨를 걸었던 벗들은 다 사라지고 나만 삭막한 도시에 남았다. 자기 집을 등에 지고 살아가는 달팽이처럼 내 가족, 내 식구만 남았다.

아침이면 허겁지겁 출근 준비를 하고 하루 종일 어디로 흩어지는지 알 수 없는 말[言]을 풀어 놓다가 어두운 밤이 되어 귀가한다. 가족들 머리 위에도 모두들 피로를 이고 있어 서로 대화를 하기 어렵다.

　빽빽하게 들어선 '허공 위의 방 한 칸' 짓고 또 짓지만 이제
는 그 허공도 모자라는 도시.
　그래도 사람들은 허공에서 나와 하루 종일 허덕대다가 다시
허공으로 올라간다. 오랫동안 허공에 살아서일까. 이제 도시
에서의 삶은 마음마저 비어간다.

　며칠 전, 가까운 산에 갔다가 오는 길에 어린 여학생을 보았다.
　일요일 아침, 그 여학생은 교복을 입고 가방을 들고 학교 반
대편으로 가고 있었다.
　버스를 타는 곳까지는 제법 걸어야 하는 길. 하지만 여학생
의 걸음걸이가 이상했다. 얼굴에는 핏기가 없고, 가방 두 개를
겹쳐 들고, 다른 한 손으로 벽을 의지하며 겨우 걷고 있었다.
　지나는 사람들은 모두 그런 소녀가 이상했는지 지켜볼 뿐 어
느 누구도 소녀에게 말을 건네지 않았다.

　"학생, 왜 그래?"
　경계하는 학생에게 내 신분을 밝히고 도와주겠다고 했다.
　공부하러 왔다가 몸이 너무 안 좋아 집에 가는 길이라고 했다.

가방을 받아 들고 버스정류장까지 소녀의 걸음에 맞추어 천천히 걸었다.

내게는 짧은 시간이지만 타인에게는 평생일 수도 있는 귀한 시간. 나에게는 보잘 것 없는 말, 하지만 그에게는 생명수가 될 수도 있다.

사십 년이 넘도록 우리의 삶이 텅 비었다면 신神은 이제 사랑으로 채우라고 말씀하신다.

허공에 있지 말고 이제는 내려와 땅을 밟으라고 하신다.

얼마나 잘 살아야 우리는 따뜻하게 살 수 있을까.

흙이라도 제대로 밟고 살 수 있다면 얼마나 좋을까.

사십 년이 넘도록 달은 여전히 몸 밖으로만 뜨고 있다.

몸으로 익히는 배려

"말 그대로 구술시험은 말로 대답하는 것입니다. 멀쩡한 아이들이 자기들도 컴퓨터로 답하고 싶다고 하면 어떻게 합니까?"

몸을 움직이지도, 말을 하지도 못해 컴퓨터에 글을 써서 의사를 표현하는 제자에게 대학이 한 말이란다. 늦은 시각까지 '페이스북'을 하다가 발견한 짧은 글이다. 화가 났다. 이 글을 올리신 분은 우리나라 대학에서 실제로 발생한 일이라고 하신다. 믿고 싶지 않았다. 불행하게도 사실이란다.

문득, 며칠 전에 만난 친구가 생각났다.

그 친구는 젊은 시절 함께 교육 운동을 하며 교류했던 사이다. 밤새 분노하며 통음하기도 하고 경치 좋은 곳으로 함께 떠났다. 이번에 만났을 때는 꽤 초췌했다. 시력이 많이 나빠져 어두운 곳에 가면 더듬어야 겨우 사물을 식별한단다. 안타까웠다. 이제는 아이들의 얼굴도 그저 대략 형태만 보일 뿐이란다.

그런데도 그는 매주 우리 소리를 배우고 있었다. 소리를 배우는 곳은 서울 이수역 근처이고 저녁이면 보행이 불가능하지만 길을 더듬어 다닌 지가 벌써 2년이 넘었단다.

"다른 사람들은 네 눈이 이렇게 안 좋은 걸 알아?"

"아니. 미리 알면 편견을 갖기 때문에 말을 하지 않았지. 다만 교무실에 있어도 잘 어울리지 않는 사람이라고만 생각하는 것 같아. 내 자리에 가만히 앉아 수업 자료를 만들거나, 아니면 바깥 환한 곳을 혼자 산책하기 때문이야."

"많이 불편하지? 참 대단하다."

"불편한 것은 없어. 가끔 마주 오는 사람을 피하지 못해 부딪히긴 하지만. 도로에 있는 노란 요철 판이 중요해. 나에게 그 노란 요철 판은 눈이 되지. 허허허"

그래도 여전히 아이들이 좋다며 수업에 들어가는 아이들 얘기에 열중한다. 무심코 빨리 걸으니, 얼른 제어한다.

"천천히 걸어야 해. 내가 못 따라가. 다만 천천히 걸으면 네 팔을 붙들고라도 갈 수 있어. 너는 그냥 천천히 걸으면 돼."

친구랑 함께 걸으며 그를 생각하지 못하고 그냥 나만 생각하는 자신이 심하게 부끄러웠다. 순간 울컥했다. 끊임없이 사회적 약자를 배려한다고 하면서도 이렇게 무심하구나.

우리는 '배려'라는 말을 많이 쓴다. 그러나 '배려'는 몸으로 익혀야 한다. 가장 오래 남는 것은 몸으로 익힌 공부다. 몸으로 배우는 단어는 몸으로 가르쳐야 한다. 교사들이 먼저 몸에 배어야 한다. '몸으로 가르치니 따르더라.'는 말도 있다. 그래야 교육이 바로 잡힌다.

"얼마 전, 산책을 하다가 초등학교를 지나게 되었어. 마침 운동회였나 봐. 마지막으로 이어달리기를 하는데 온 학생들을 두 패로 갈라서 계속 달리는 거야. 겨우 따라잡았다가 다시 뒤처지고, 추월하고…… 덩달아 아이들의 함성은 커지고. 너무 좋아서 나무 그늘에 앉았는데 나도 모르게 눈물이 나오더라. 격할 정도로 울게 되는 거야. 너무 창피해서 얼른 그 자리를 피했지."

미소 짓는 친구의 눈동자가 해맑다.

사람이 풍경일 때

그날 밤, 깊도록 내리는 눈을 바라보며 선재님과 이야기가 끊어지지 않았다.

어머니 자궁처럼 포근한 마을, 그 속에 아담하게 자리 잡은 찻집 '명가혜'는 늦도록 불이 꺼지지 않았다.

"꽃눈 오시네."

선재님은 감성에 젖은 몸짓으로 연신 어깨를 들썩였다.

여행이 즐거운 까닭은 사람을 만나기 때문이다.

'맛 기행'이라는 조금은 사치스런 제목으로 남쪽으로 떠난 날, 일기예보는 날씨가 춥고 큰 눈이 여행을 방해할 것이라고 했다. 하지만 역마살이 깃든 몸은 떠나는 발걸음이 언제라도 가벼운 법이다.

흰 눈 내리는 담양 소쇄원을 본 것은 참으로 눈에 호사였다. 조용히 다가와 옆구리를 살짝 찌르고 얼굴 붉히는 새색시처럼 눈은 소담스럽게 내렸다. 흙 담장 위로 고요히 쌓이는 눈을 바라보니 저절로 명상의 세계로 들어간다. 이곳이 곧 선禪의 세계다.

우리를 반갑게 맞아준 것은 무엇보다도 사람이었다.

늦은 시각 우리가 하루를 묵어갈 '명가혜'에 도착했을 때 주인장은 눈 덮인 찻집 불을 환히 켜놓고 기다리고 있었다. 소리꾼이자 춤꾼인 국근섭 님은 사람 좋은 웃음으로 차를 우려낸다.

"우리 집에 오시는 손님들에게는 늘 먼저 차를 대접하지요."

낮에 담양 장에 가서 지우들과 막걸리 한 잔을 했다면서 허허 웃는 주인장을 따라 우리는 여행의 피로를 씻어냈다.

좋은 임들이 왔는데 소리 한 자락 있어야 한다며 북채를 잡은 주인장의 구수한 소리가 '사랑가'에서 '꿈 타령'까지 넘어가면서 밤은 더욱 깊어갔다. 사면이 통유리로 되어 어두운 시골 모습이 그대로 보이는 찻집 풍경에 빠져들 무렵, 주인장은 실내등을 껐다. 그러자 확 다가오는 대나무 숲, 시골 마을, 그리고 하얗게 내리는 눈.

행복이 이런 것인가.

"오늘은 경치도 경치지만 좋은 님들이 와서 더 행복합니다."

오죽하면 '사람이 꽃보다 더 아름답다.'고 했냐며 얼굴 가
득 웃음을 머금고 '감성무'를 추는 모습에 우리 또한 어깨가
둥싯거렸다.

오늘 밤은 그야말로 사람이 풍경이었다.

조용히 내리는 눈에 우리는 그저 하나의 밤 풍경이 되었
다. 찻집 밖에는 꽃눈이 내리고 찻집 안에는 꽃 사람이 조용
히 차를 마셨다. 이 모두가 대나무가 꾸는 꿈이었다. 이렇게
행복한 밤이 그윽하게 깊어가고 날이 밝도록 우리는 모두 아
름다운 풍경이었다.

성돈이

전봇대 뒤에 숨은 성돈이는 그예 얼굴을 드러내지 않았다.

다른 아이들은 버스가 다리를 건너 마을 어귀를 다 지나도록 손을 흔들었지만 그래도 성돈이는 전봇대만 걷어차고 있었다. 그때야 비로소 내 눈에도 눈물이 맺혔다.

성돈이는 '강원도 주천' 이라는 곳에서 만난 아이였다.

강릉에서 근무하던 내가 그곳으로 발령이 난 것은 1990년이었다. 학기 도중에 발령이 났기에 강릉 아이들과 이별하기도 어려웠지만 그때만 해도 오지였던 주천은 찾아가기도 난감했다.

학교는 아담하지만 아름다웠다.

이곳 아이들은 초등학교부터 함께 자라온 아이들이라 서로 매우 친했다. 오히려 먼 할아버지 할머니 대부터 함께 살아온 탓에 낯선 나에게 경계의 눈빛을 보냈다.

전임 선생님은 반 학생들 기록이 담긴 교무수첩을 그대로 넘겨주었다. 사진과 함께 인적사항, 그리고 그동안 상담 내용이 고스란히 담겨 있었다.

시골 4, 5리 길을 예사로 걸어 다니는 아이들을 바라보며 어디서, 어떻게 아이들에게 다가서야 하나 고민했다. 공부만 하면 모든 것은 부모들이 다 해주는 도시와는 애당초 다른 이곳의 아이들 꿈도 역시 대학 진학이었다.

그 중 성돈이의 꿈은 더 절박했다.

새벽 두 시, 교실 불을 환하게 켜놓고 앉아 있는 모습 그대로 공부하고 있는 성돈이를 지켜본 것이 몇 번인지 모른다. 답답해 미칠 것 같다고 품에 안겨 엉엉 우는 아이를 데리고 산에 오르고, 안개 내린 새벽 들녘을 함께 걸으며 대화를 나누었다. 시험지 글자가 하나도 보이지 않아 백지 답안을 낸 녀석을 데리고 강에 나가 함께 자맥질하기도 하였다.

"제가 졸업할 때까지 꼭 지켜보셔야 해요."

무슨 예감에 사로잡힌 듯 녀석은 두껍게 언 주천강의 새벽 얼음을 깨며 이렇게 말했다. 수염이 거무잡힌 녀석이 입술을 실룩였다. 그러나 나는 성돈이에게 아무 말도 할 수 없었다. 이미 내신을 냈기 때문이다.

이별은 쉽게 왔다.

눈이 많이 내린 그해 겨울 아이들은 내 자취방에 모여들었고, 우리는 밤새 함께 있었다. 아이들이 해준 밥을 먹고 봄이 오는 들녘을 돌아다니다가 차 시간이 되어 정류장에 나왔다. 성돈이는 나를 보내지 않겠다며 마지막까지 악수를 하지 않고 전봇대 뒤에 숨었다.

짧은 1년, 하지만 소중한 시간이었다.

솔로몬의 지혜

결정을 내려야 하는 입장일 때 양쪽의 팽팽한 말은 더욱 혼란만 불러오는데, 솔로몬은 어떻게 그런 지혜로운 판결을 할 수 있었을까.

지혜의 왕 솔로몬에게 이런 어려움이 있었다.

한 아이를 두고 두 어미가 서로 친 어미라고 주장했다. 서로의 말을 들어보아도 쉽사리 결정을 내릴 수 없었던 솔로몬은 결단을 내린다.

"두 여인에게 이 아이를 공평하게 둘로 나누어 주어라."

참으로 냉정한 판결이다. 그러나 이 판결은 곧 명 판결이 되었으니.

"제가 거짓 어미이옵니다. 이 아이를 둘로 쪼개지 말고 저 여인에게 주옵소서. 제발 살려주옵소서."

무릎을 꿇고 간절히 애원하는 한 여인에 비해 다른 여인은 달랐다.

"과연 명 판결이옵니다. 이 아이를 둘로 자르소서."

그러자, 솔로몬은 간절히 애원하는 한 여인이야말로 친 어미라고 판단하고 그 여인에게 아이를 돌려주었다.

똑같이 학부모들의 눈물어린 호소를 듣고 나서도 나는 아무런 말을 할 수 없었다. 어느 어버이인들 자식 사랑이 대단하지 않을까마는 자기 아이에게 행여 피해 가지 않을까 애타는 마음에 입술이 바짝 마르면서도 자기 아이를 위해 선처를 호소하는 모습은 누가 옳고 누가 그르다는 이분법으로 말하기에는 너무나 위대했다.

그래서 밤이 깊어가도 아무런 답변을 할 수 없었다.

"우리 아이는 절대로 그럴 아이가 아닙니다. 워낙 착하고 남 도와주기를 좋아하는 아이가 그럴 리가 없습니다."

"부모님이 보시기에는 모든 아이들이 다 착합니다. 말 잘 듣고 행실이 고운 아이죠. 그리고 저희들이 보기에도 역시 마찬가지입니다. 그래서 아이가 나쁘다고 말씀 드리지 않습니다. 우발적이든, 고의적이든 우리 앞에 이런 일이 벌어졌으니 그 문제는 해결해야 하지 않겠습니까?"

그래도 아이를 사랑하는 학부모의 마음은 여전하다.

행여 아이가 나쁜 평을 받지나 않을까 조마조마한 모양이다.

아이의 외로움이 어떤 행동으로 나타나게 되는지 우리는 잘
모른다. 겉으로는 아무렇지 않은 아이라 할지라도 전문적인
상담이 필요한 경우가 있다. 이런 경우라도 무작정 덮으려고
하는 것이 부모의 마음이다.

교사든 학부모든 제발 아이를 중심에 놓고 생각하면 좋겠다.

잘못한 일은 용서를 구할 수 있지만 사람이 잘못되면 그 인
생은 큰 나락으로 떨어진다. 어른의 생각을 강요하기보다는
열린 마음으로 아이들의 이야기에 귀 기울인다면 우리의 아이
들은 곧 착한 본연의 모습으로 돌아올 것이다.

스스로 걷는 아이

새 별명이 생겼다. '지니' 란다. '알라딘의 요술램프' 에서 소원을 들어주던 거인 이름이다. 램프 겉을 살살 문지르면 '펑' 하고 나와 "주인님, 무슨 소원을 들어드릴까요?" 하고 친절하게 묻는 그 거인 말이다. 다른 사람에 비해 왜소한 편이고, 늘 지쳐 있는 모습이 아이들에게 활력을 줄 리도 없으니 이 별명은 아마도 우회적 표현이리라.

요놈들 봐라. 감히 나를 놀려? 반격할 준비를 하고 물었다.

"왜 지니니?"

"응. 샘한테 고민을 말하면 다 이루어져요."

아니, 애 봐라. 고민이 다 이루어진다고?

하긴 며칠 전 녀석이 풀 죽은 모습으로 복도를 지나가는 모습을 보고 말을 걸었던 적은 있다.

"다희야, 왜 이렇게 풀이 잔뜩 죽었어? 무슨 일이 있니?"

녀석은 공부에 흥미가 없었다.

워낙 성적이 바닥이기도 했지만 집중력이 부족해 50분 수업을 힘들어 했다.

"공부하기 싫어요. 책만 보면 짜증이 나."

"그래? 그렇게 짜증나는 책 안 보면 되잖니?"

"엥. 샘은 뭐 이래? 그래도 공부는 해야지."

녀석은 오히려 나를 타박했다.

어렸을 때부터 공부에 흥미를 느끼지 못하는 아이였다. 기초가 없어 학교 공부를 버거워한다. 그래도 수업시간이면 눈을 반짝인다. 하지만 그것도 잠시, 곧 녀석은 지루해 하고 졸음에 겨운 눈으로 겨우 버틴다.

"학교 공부 꽤 어렵지? 해야 할 것도 많고? 이렇게 많은 과목들 중에 네가 꼭 하고 싶은 게 있을까?"

"그럼 있고말고요. 난 다 싫은데 영어회화는 하고 싶어. 그런데 워낙 바닥이라 무엇부터 시작해야 할지 모르겠어요."

다행스럽게도 녀석은 하고 싶은 과목이 있었다.

성적 때문에 용기를 내지 못하고 있을 뿐. 그래서 아이에게 원어민 교사를 자주 찾아가라고 했다. 가서 즐겁게 놀다 오기만 해도 된다고 했다. 그리고 영어기초반을 만들 텐데 거기에 들어가 수업을 받아보라고 했다. 자기가 하고 싶은 일을 혼자 고민하지 말고 부모님들과도 대화를 하고 친구들하고도 얘기 하라고 했다. 그리고 어깨를 두드려 주었다.

이것이 내가 한 전부였다.

"샘. 우리 엄마는 내가 무엇을 하든 다 밀어준대. 난 해외여 행 가이드를 하고 싶어. 내 성격에 어디 가만히 앉아서 일을 하는 것은 안 어울리잖아. 여기저기 막 돌아다니고 싶어요. 그 러니 영어회화는 꼭 해야겠지. 꼭 할 거야. 내 인생 계획을 멋 지게 세워 볼 거야."

사실 상담을 하다 보면 아이들 스스로 답을 찾는 경우가 참 많다. 교사는 그저 듣고 있어도 된다. 거리의 이정표처럼 가끔 고개 끄덕이고 길을 안내하다 보면 아이는 스스로 걷는 법을 찾아내고 실제로 걸어간다.

"너도 고민 있잖아. 샘한테 말해. 다 들어줄 거야. 크크크. 지니 샘 참 좋다."

옛 얼굴과 다르다

두통이 가라앉았다.

쉴 줄 모르는 것도 병인 듯하다. 귓전에 왕왕거리는 TV소리는 여전히 날카롭지만 그래도 견딜 만하다. 차를 한 잔 마신 후 최근 읽기 시작한 손곡 이달의 시집을 다시 폈다.

우리에게는 허균의 스승으로 잘 알려진 손곡 이달은 최경창, 백광훈과 함께 조선 중기 삼당시인三唐詩人으로 유명하다.

명문자제인 허균은 어떻게 그를 스승으로 모셨을까?

둘째 형인 허봉의 추천이 있기도 했지만 손곡이 쓴 빼어난 시 때문이었다. 일가를 이룬 허균이 스승의 시를 모아 『손곡집』을 두 번이나 간행할 정도였다면 손곡의 뛰어남은 가히 짐작할 수 있다.

하지만 이 사제지간은 종종 충돌했다.

허균이 쓴 시를 보고 손곡이 평을 했을 때 허균은 '이 시가 당唐에 가깝다는 평보다는 이것이 허균의 시다.' 라는 평을 더 듣고 싶어 했다. 그렇지만 허균은 손곡의 문하임을 자랑스러워했고 그의 시 200여 수를 모아 『손곡집』을 간행하고 『손곡산인전』이라는 글을 쓰기도 했다.

강원도 원주시 부론면에는 흥원창이라는 내륙 포구가 있다.

거둔사터, 고달사터, 법천사터 등의 큰 절 흔적이 아직 남아 있고, 흥원창이라는 포구가 있었던 것으로 보아 물류 이동과 사람 왕래가 제법 이루어졌던 곳으로 여겨진다.

아마도 손곡은 흥원창에서 문우들을 만나고 떠나보냈을 것이다. 서얼이라는 신분 제약 때문에 과거에 응시하지 못한다.

하지만 이런 이유가 사제지간의 연을 맺는 데는 아무런 장애가 되지 않았다.

20년 만에 만난 벗, 얼마나 많이 변했을까?

서로 나이를 묻고는 새삼스레 놀란다. 늙은 얼굴을 보며 깜짝 놀란다. 어린 시절 같은 꿈을 꾸던 벗이지만 지금은 많이 달라졌다. 그래도 벗이기에 20년 세월은 쉽게 뛰어 넘는다.

오랫동안 연락이 없던 친구가 갑자기 문자를 보냈다.

"히말라야에 간다. 소주 한 잔 사는 셈치고 3만 원만 보내라. 오가다 만나는 학교에 기부할란다."

녀석은 이후 한 달 동안 히말라야를 돌아다니다 설 전에 돌아왔다.

이 친구는 히말라야를 벌써 네 번째 다녀온단다.

그 삶이 얼마나 깊어졌을까. 함부로 대하기가 어렵다.

내 마음이 혼란스러웠다.

'나는 내 삶을 위해 무슨 일을 했나?'

그동안 가볍게 살아온 삶의 흔적이 부끄러웠다. 그저 하루 하루 숨만 쉬며 살아온 시간이 감당할 수 없는 혼란의 무게로 나를 누르기 시작했다.

바쁘다는 핑계로 게으름만 피운 삶이 초라해 보였다.

입시 나이테

교실에 들어가니 사방 벽에 파이팅을 다짐하는 격문이 붙어 있다. 수능이 바짝 다가왔음을 알리는 달력도 긴장이 되었는지 파르르 떨고 있다. 의자에 앉아 있는 아이들보다 서서 공부하는 아이들이 더 많다. 군데군데 수시 전형에 응시하러 간 학생들 자리가 비어 있다.

수능이 바로 눈앞에 있다.

고3 교실은 좀체 커튼이 걷히는 일이 없다. 어둡게 내려놓아 스스로의 마음을 누른다. 다가올 시험 때문이다. 경쟁자이자 살가운 동료인 수험생들이 모두 가엾다.

"남은 시간 마무리를 잘하자. 지금까지 놓쳤던 문제를 다시 한 번 풀어보고, 특히 모의고사 문제는 반드시 검토해라."

매년 이맘때면 똑같은 말을 한다. 고3 아이들이 입시에 시달리는 이상으로 담임들은 더 신경 쓴다.

가족들보다 더 많은 시간을 아이들과 함께 지내야 하고, 아이들에게 맞는 공부 방법과 입시 지도, 심지어는 건강관리까지 챙겨야 한다.

피곤해 자고 있는 아이를 깨우기 위해서 무섭게 다그치기도 하고, 수시에 떨어져 울고 있는 아이에게는 다정한 언니, 오빠처럼 위로를 하기도 한다.

성적이 떨어져 낙심하고 있는 아이에게는 간식이라도 사 먹이며 힘을 북돋워준다.

그렇게 함께 고비를 넘긴다. 수능이 끝나도 고3 담임들에게는 일이 끝나지 않는다.

아이들이 정시를 치르고 3월, 대망의 대학 정문에 들어서는 그 순간까지 긴장을 늦출 수 없다.

그래서 요즘은 고3 담임을 서로 하지 않으려 한다. 이른바 교직의 3D업종인 셈이다.

매년 11월에 접어들면 고3 담임들은 수도자가 된다.

행여 아이들의 마음을 상하게 할까 두려워하여 언행을 삼가고, 힘을 주는 함박웃음으로 아이들을 격려한다. 매일 경건한 마음으로 기도하며 아이들의 노력이 헛되지 않기를 빌고 또 빈다. 정화수 떠놓고 비는 아낙네의 마음이 저리가랄 정도다. 그래서 이때 고3 교실 쪽은 정적만 흐른다.

길고 긴 복도를 지날 때는 횡하니 부는 찬바람처럼 쓸쓸하다.

반면, 1학년 수업, 생기가 넘친다. 예쁘다.

"저기 고3 언니들은 지금 열흘도 안 남았어."

내가 이렇게 말하니 아이들은 이내 연민의 표정이 된다.

"불쌍하다. 긴장되겠다."

"불안할 것 같아."

가엽다는 표정이 얼굴에 가득하다. 2년 뒤, 이 아이들의 수업시간에도 나는 똑같은 말을 할 것이다. 마무리를 잘하자고. 내 몸에 입시 나이테를 또 하나 두른다.

중학교 2학년 학부모가 묻는다.

"도대체 우리 아이는 특목고로 가야 하나요? 아님 일반고로 가야 하나요?"

나이테가 미처 자리 잡기 전에 새로운 나이테가 생겨난다.

잉어 엄마

잉어 엄마와는 봄이 무르익는 계절에 만났다.

"왜 그렇게 김 선상이 생각나는지. 오늘 그래서 전화 안 했나."

"잘하셨어요. 그동안 어떻게 지내셨어요?"

몇 년이 지난 어느 날, 동원이 어머니께서 전화를 하셨다. 여전히 목소리는 활달했다. 어느새 동원이 소식이 가물거렸지만 전화기를 통해 들려오는 어머니의 목소리는 여전했다. 동원이가 졸업하자마자 그 지역을 떠나 몇 군데 대도시를 돌다가 지금 정착한 곳이 인근의 공업도시. 그런데 사업은 계속 망하기만 했단다.

"지질이 복도 없지. 와 이리도 안 되던지…. 그래도 사람이 살아날 궁기(구멍)는 안 있나. 여기서 웨딩홀을 하고 있어요. 우리 동원이도 군에 다녀와서는 이 일을 돕고 있지. 녀석보고 샘 찾아가보라고 그렇게 말해도 안 가누만. 지 성공하고 간다네."

"이 사업이라도 잘 돼야 아 앞으로 남겨줄 틴데 걱정이우. 요즘엔 왜 그런지 웨딩사업도 불황이야."

　IMF가 한바탕 휩쓴 땅에서 사업하기란 참 어려울 테지. 동원이네는 고생을 참 많이 했던 것 같았다. 그예 동원이 아버지는 사업을 접고 낚시만 다니고 있고 동원이와 어머니가 사업을 잇고 있지만 그마저도 힘이 부친다고 했다.

　"옛날 동원이가 학교 다닐 적에 같이 있던 사람들 모두 보고 싶소. 오늘은 김 선상이 너무도 보고 싶어 이리 전화 안 했나. 목소리라도 들으니 참 좋소. 언제 우리 동원이 한 번 찾아가라 할꾸마."

　어머니 목소리에는 물기가 살짝 묻어 나왔다.

　그로부터 며칠 후 다시 전화 소리가 요란했다.

　"사모님이 몸이 좀 약허제. 애네 아빠가 잉어 안 잡아왔나. 내 얼릉 갖고 갈께 폭 고아 드셔."

　밤낚시를 나간 동원이 아버지께서 어른 팔뚝만한 잉어를 잡아 오셨단다. 잉어를 낚아 올리면서 담임 샘이 떠오르더라며 집에 오자마자 전화하라고 했단다. 내 기억 속에는 벌써 동원이가 가물거리는데 아직도 그 시절을 생각하는 두 분이 너무나 고마웠다. 넘치는 정으로 마음이 훈훈해졌다. 양동이에는 커다란 잉어 한 마리 몸을 뒤틀고 있었다. 조금이라도 상할까봐 애

196

쓰시는 모습이 마치 시집간 딸에게 정성을 다하는 것 같았다.

"이거 푹 고아 먹고 튼튼해야 해."

미처 붙들 새도 없이 다시 차를 돌려 나가면서 이렇게 말씀하셨다.

집사람과 나는 한참을 멍하게 서 있었다. 무슨 바람이 '휙' 지나간 것 같다. 동원이가 졸업한 지도 오래되었건만 이렇게 바람처럼 훌쩍 왔다가 뒤도 안 돌아보고 가실 수 있는 그 마음이 고마웠다.

이날 이후 아내는 동원이 어머니를 '잉어 엄마'라고 부르며 좋아했다.

어떻게든 내 아이에게 이득이 되기 위해 교사를 만나고 뒤돌아서면 여지없이 손가락질하는 학부모들이 많은 요즈음, 동원이 어머니 같은 분을 만나기는 참 힘들다. 편하게 만나고 한때의 인연을 소중하게 여기는 분을 만나기란 더욱 어렵다. 잉어 엄마는 나에게는 복이고 행운이었다. 그 후로도 동원이네는 잘 풀리지 않아 도시 끝으로 자꾸만 밀려갔다. 그래도 동원이 어머니는 여전히 웃으면서 연락을 하셨다. 그런데 최근 들어 소식이 끊겨졌다.

이제는 내가 먼저 연락할 때가 된 듯하다.

작은 등이 움짓거리는 듯한

시는 천천히 읽고 천천히 생각하고 천천히 받아들이는 것이다. 시를 읽을 때는 여유로운 마음과 향기 높은 차를 두고 읽으라고 권했다.

시는 마침내 내 몸 속에서 노래가 되어 흘러나올 때 비로소 완성된다. 마음에 있는 그 모든 한恨이, 슬픔이, 분노가 터져 나오는 방언처럼 자기도 모르게 주저리 쏟아져 나올 때 문자로 옮기면 그것이 바로 시詩가 된다.

"어떻게 하면 글을 잘 쓸까요?"

고만 고만한 자녀들의 글쓰기는 물론 나 자신의 글쓰기까지 요즘 우리들 사이에는 글쓰기가 부쩍 관심의 대상이 되고 있다. '말'의 시대가 가고 '문자'의 시대가 오고 있다.

논술 열풍이 끼친 공로이기도 하지만 그것보다는 디지털의 발달이 가져온 예상 밖의 결과다.

아이들은 핸드폰으로 문자를 열심히 주고받고 교사들은 메신저로 많은 업무를 처리하고 있다. 메일을 주고받으며 안부를 묻고 가벼운 쪽지로 마음을 전하기도 한다.

그만큼 글쓰기는 부쩍 우리 곁에 가까이 와 있다.

논술이 조건에 따라 논리적으로 설득하는 글쓰기라면 문학은 자신의 감성을 자유롭게 표현하는 글쓰기다.

어떤 글쓰기를 할까? 문학적인 글쓰기를 권한다.

좋은 글을 쓰기 위해 가장 먼저 해야 할 일은 '관찰'이다.

시인은 길을 가다가 죽은 새를 발견했다. 얼굴은 땅에 묻혔고 두 날개는 등 뒤로 서로 포개져 있다.

허리를 굽혀 죽은 새에게 가까이 다가가는 시인의 모습이 보인다. 마치 등이 움짓거리는 것처럼 보인다.

아마도 시인은 죽은 새 앞에서 족히 한 시간은 있었을 것이다. 세밀한 관찰은 맑은 샘물이 고이듯 시심詩心을 키워준다.

〈게으른 산행〉을 쓰신 우종영 님은 천천히 산행을 한다.

길섶에 있는 온갖 나무, 풀에게 인사를 건네느라 걸음을 빨리 할 수 없는 것이다.

어렸을 때 신사임당의 〈초충도〉를 흉내 내려고 풀벌레와 각종 식물의 모양을 세밀하게 관찰한 적이 있었다.

관찰은 이렇게 세심하게 하기도 하지만 탁 트인 곳에 가서 넓게, 멀리 보기도 한다. 그러나 깊게 보아야 한다는 공통점이 있다. 오감을 열어 다 받아들여야 한다.

평소에는 지나쳤던 그곳에 아름다운 생명이 숨어 여러분을 기다릴 수 있다.

자세히 들여다보면 새로운 아름다움을 찾을 수도 있고, 눈을 감고 부드러운 바람을 느끼다보면 그 속에 우리가 놓쳤던 새로운 소리가 실려 오기도 한다.

옆 사람 얼굴을 자세히 들여다보자.

전에 발견하지 못한 새로운 비밀을 찾을 수 있다.

짜장면을 먹으며

어린 시절, 우리 집의 유일한 호사는 짜장면 파티였다.

그것도 졸업식 같은 큰 행사가 있어야만 가능했다. 졸업장을 돌돌 말아 넣은 통을 가슴에 품고 몇 번이나 재활용이 가능한 플라스틱 꽃다발을 받은 저를 가운데 두고 온 가족이 서서 흑백사진을 한 방 찍은 후 아버지는 호기롭게 말씀하셨다.

"가자!"

이 말이 떨어지기 무섭게 우리는 군침이 흘렀다.

"여기 짜장 곱빼기 두 개. 단무지 많이 주고."

네 식구가 둘러앉았건만 아버지는 달랑 두 개만 시켰다. 그래도 우리의 눈은 반짝반짝 빛났다.

엄마는 나와 동생 몫으로 배달된 짜장면 한 그릇을 두 그릇으로 만들었다. 길게 걸친 면 가락이 행여 동생 그릇에 더 담길까 애면글면 하며 연해연방 엉덩이를 들썩였다.

아직도 짜장면은 서민의 음식이다.

맛도 예전의 그 맛이며 곁들여 먹는 반찬도 단무지와 양파 그대로다. 입맛이 없을 때나 식사 시간이 부족할 때면 누군가 꼭 이렇게 한 마디 한다.

"짜장면 한 그릇 먹고 합시다."

어둔 밤까지 한 끼 식사도 제대로 못하다가 중국집에 전화를 걸면서 그래도 살아봐야겠다고 생각한다. 검은 밤은 비에 젖어 가난한 서민들의 빈 가슴을 적신다.

낙이 없어 보인다.

희망이 없어 보인다.

도무지 앞이 보이지 않는다.

하지만 소독저를 들어 짜장면을 비비면 다시 희망이 돋는다.

"그래도 살아봐야겠다."

혼자 하는 말은 사무실 벽에 부딪혀 큰 울림으로 삶 속에 파고든다. 검은 밤이 또 올지라도 돌아서 가야겠다고, 세상이 꺼진 등불처럼 흔들리더라도 살아봐야겠다고 입술을 앙다물고 짜장면을 비빈다. 이때 먹는 짜장면은 힘이 된다.

오랜 세월이 지나도 늘 서민 곁에서 한결같은 맛으로 힘이 되는 짜장면.

우리 곁에도 짜장면 같은 사람이 있다.

언제나 변함없는 모습으로 은은한 미소를 보내는 뚝배기 같은 벗들이 있다. 이들 때문에 어두운 세상을 헤쳐 나갈 용기가 생긴다. 아무리 약삭빠른 사람들이 더 큰 소리치는 세상이 되었지만, 남을 속여 이득을 취하면서도 아무런 가책을 느끼지 못하는 이가 더 많은 세상이 되었지만, 자기보다 약한 사람은 가차 없이 누르고, 경쟁, 경쟁, 경쟁을 통해 이기는 사람만 살아가는 세상이 되었지만 그래도 세상이 살아볼 만한 것은 이런 벗들이 있기 때문이다.

그들은 한번 덥혀지면 쉬 식지 않은 아랫목을 닮았다.

낮지만 끊임없는 맥놀이 현상으로 먼 곳까지 은은하게 함께 가는 에밀레종 소리를 닮았다.

출발선에 선 희재에게

마음이 어떠니? 겉으로는 환하게 웃고 있지만 알 수 없는 떨림으로 온 몸이 흔들리지는 않니?

얼마 전까지만 해도 최고 학년이었는데 불과 며칠 사이에 다시 새내기가 되는 요상한 변화에 몸은 마음과 달리 괜히 위축되고 있지는 않은지. 몇 번이고 다짐하며 새롭게 살아보리라 결심하면서 새 책을 펴보지는 않았는지.

아니면 친구들과 그럴싸한 정보를 교환하면서 실망과 절망, 그리고 다시 희망 사이를 왔다 갔다 하지는 않았는지.

이제 며칠 후면 희재는 새 학교에 들어서게 된다.

아직은 몸에 맞지 않은 예쁜 옷을 입고 고등학교 때의 버릇대로 선배들의 눈치를 요리조리 살피면서 쭈뼛쭈뼛 강의실로 들어서면 낯선 환경에 혼자만 남겨진 듯 하는 생각에 더욱 을씨년스러워 몸을 떨게 될지도 모르지.

누구나 다 새 출발은 기대와 낯섦이 한데 어울려 기분을 묘하게 만든단다.

그래, 이제 막 출발하는 희재에게 행운을 빌며 학교에 가면 꼭 하기 바라는 몇 가지 당부를 하려고 해.

우선, 왜 공부하는지 알면 좋겠다.

대학교에 들어서는 순간 고등학교 학생들과는 완전히 다른 해방감을 느끼면서도 자율적인 학교생활에 시간이 어떻게 지나가는지 모르게 화려한 봄을 다 보내기 쉽단다.

하지만 내가 대학에 왜 왔는지, 내가 무엇을 하고 싶은지, 나는 어떻게 살아가고 싶은지는 꼭 알아야 한단다. 그렇지 않으면 화려한 시간을 잃어버리게 된단다. 목표 상실이지.

목표가 없으면 방향을 알지 못하고 능률이 오르지 못하지.

그 다음은 적극적인 생활을 하라는 거야.

스페셜리스트가 되는 거야. 우리말로 하면 전문가가 될 텐데, 내가 아니면 못하는 그런 일이 무엇일까를 곰곰이 생각하렴. 그런 다음 그 꿈을 향해 적극적으로 생활하는 거야.

친구들과도 어울리고 동아리 활동은 물론 대외적인 활동까지 자유롭게 적극적으로 해보는 거야.

세상은 참 넓어. 그 넓은 세상속에서 우리가 배워야 할 것도 많고. 봉사활동도 열심히 하고 사회 참여도 젊은이로서 꼭 해보는 것. 어떠니?

마지막으로 열린 마음으로 친구들을 바라보면 좋겠다.

여기서 친구란 같은 강의실을 쓰는 사람일 수도 있고, 세계의 곳곳에 있는 네 또래의 수많은 사람들을 말하기도 해. 그건 세상의 다양한 삶을 보는 눈을 키우라는 의미야.

미국 대학생을 생각하기도 하고, 이란의 대학생, 북한 대학생, 볼리비아 대학생 등 이 세상에서 같은 시대를 살아가는 또래의 수많은 젊은이들을 생각해 보렴.

그리고 그들의 삶이 어떤가를 생각한다면 네가 어떻게 살아야 할지 알 수 있을 것 같다.

세상으로 나가는 저 문, 너를 위해 활짝 열렸네.

이제 마음껏 네 꿈을 펼치는 시간만 남아 있구나.

힘차게 가렴.

혹독한 기다림 위에 있다

소금은 기다림의 결정체이다.

논밭에서 자라는 것은 무엇이든 인내가 필요하지만 소금은 특히 더 심하다. 소설가 김훈의 〈자전거여행 2〉에서는 다음과 같이 말하고 있다.

"이 염전들은 밭을 12단계로 펼쳐 놓고 물을 이동시킨다. 둑방 너머에서 퍼 올린 바닷물을 저수지에 가두어놓고 한 단계씩 낮은 밭으로 물을 옮겨간다. 한 단계의 밭을 '배미'라고 부른다. 12단계의 배미들은 3센티미터씩의 차이로 층이 진다. 염부는 한 배미마다 4~5일씩 기다려야 한다. 기다림의 들판은 가장자리가 보이지 않는데, 이 광활한 평면구도 전체는 36센티미터의 경사를 이룬다. 더디고 흔적 없는 기다림이다."

그야말로 소금 농사는 '흔적 없는 기다림'인 셈이다.

동해에서 자란 탓에 염전을 보지 못했던 나는

서해안 '오이도'를 여행하고는

낯선 감동에 빠졌던 적이 있었다.

바닷물이 빠져나간 넓은 뻘에 가득한 붉은 칠면초는

소금기 섞인 바람에 삭아버린

어부의 낡은 삶처럼 뻣뻣했다.

바닷물은 저 멀리 있는데도 사람들은 바다라고 말했다.

낯선 풍경에 아무 말도 못하고 돌아서는데

밭 한가운데에서 염부가 열심히 물차를 돌리고 있었다.

어떤 밭에는 물이 가득 찼고,

또 어떤 밭에는 써레질을 하는 손길에 따라

하얀 결정체가 묻어 나왔다.

옆에는 녹슨 소금 창고가 있었다.

사람이 있기는 했지만 황량해 보였다.

지난至難한 사랑은 그 기다림의 세월로 더 처절하게 아름답다.

오랜 파도가 해안선을 아름답게 빚듯이

아름다운 세상은 결코 짧은 시간에 이루어지지는 않는다.

우공이산愚公移山의 우직함으로

소망을 끝끝내 버리지 않는 사람에게는

결국 아름다운 세상은 열리는 법이다.

요즘 우리는 지나치게 조급하다.
성적지상주의, 승자독식주의에 따라 다 걸기가 만연하다.
이런 사회는 과정보다는 결과에만 집착하게 되며
내 주위 모두가 경쟁자가 되기 때문에
강한 스트레스에서 벗어날 수 없다.

기다림의 길 위에서 모든 사람이
더불어 살아가는 세상을 꿈꾸면
언젠가는 하얀 소망의 결정체를 이룰 것이다.
어둠이 내리는 하늘 아래 아이들의 목소리가 맑고 높다.

제 4 부

치 유

기억의 시간

제법 겨울 흉내를 낸다.

바깥 기온이 차다.

가랑잎이 이리저리 굴러다니는 모습이 을씨년스럽기도 하지만 그래야 겨울이라고 생각하니 시원하게 느껴진다.

기말고사 기간이라 아이들은 공부에 여념이 없지만 교사들은 잠시 여유로운 시간을 갖게 된다. 스스로 틈새를 만들어야 여유란 놈도 우리에게 들어올 수 있다.

바다에 다녀왔다.

'이 추운 계절에 웬 바다?'

하지만 바다의 묘미는 겨울이 제격이다. 맑은 바다에 어리비치는 모래가 보고 싶었다.

일요일 아침 고속도로는 모처럼 한가로웠다. 여주쯤 벗어나 섬강을 지나니 눈에 익은 '강원도' 라는 이정표가 확 들어온다.

기타 연주 음악을 틀고 창문을 반쯤 열고 신나게 달렸다. 드디어 바다. 고향의 한적한 바다에 들렀다.

물이 참 맑다.

사람들이 없어서 그런지 백사장도 깨끗하고 햇살도 포근했다. 파도는 끊임없이 백사장을 어르지만 백사장은 꿈쩍도 하지 않고 수평선 저 멀리만 보고 있었다.

서재에 있는 최하림의 시집은 《작은 마을에서》를 펼쳤다.

속지에 '생일을 축하합니다. 겉절이와 푸성귀' 라고 적혀 있다. 아마도 누군가의 생일에 준비한 책인 것 같은데 '겉절이와 푸성귀' 는 누구일까? 무슨 의미일까? 한참을 고민했다.

더 이상한 것은 이 글자체가 바로 내 글자체였다.

하……요거, 설마 내가 나에게……?

그렇게 추리에 추리를 거듭하다가 드디어 그 비밀을 알아냈다.

이 책은 아내에게 최초로 선물한 시집이었다.

무려 28년 전. 잘 간직해준 아내도 고맙고 어찌어찌하여 서재에 나란히 꽂혀 있는 것도 고마울 뿐이다.

그렇지만 아직도 알 수 없는 것은 '겉절이와 푸성귀' 다.

왜 이름을 쓰지 않고 이렇게 썼을까?

아마도 수줍음 많던 그 시절-지금도 뭐 그리 크게 변한 것은 아니지만- 이름을 거론하기가 쑥스러웠던 것은 아닐까?

'얼마나 그리움이 깊으면

뼛속까지 푸르러 출렁이느냐'

겨울 바다는 그리움을 가득 품었다가 다가오는 사람에게 조금씩 나누어 준다.

파도에 밀려온 미역 냄새가 향기롭다. 아직도 코끝에 남아 있다. 가끔은 기억 속 그리움을 조금씩 꺼내보는 시간이 있으면 좋겠다.

길 어디쯤 봄날이 숨어 있는

봄은 어디 숨어 있다가 이렇게 나오는 걸까?

바람에 온기가 묻어난다. 바람은 먼 산 어디쯤에서 불어오나 보다. 이른 봄꽃 향기가 묻어 있다.

우수 지나니 계절은 서둘러 봄을 데리고 온다. 여기저기 새싹이 나오고 알록달록한 꽃들이 피어나겠지. 겨우내 움츠렸던 마음도 풀려 조금은 세상을 살피게 된다.

농부들은 부드럽게 다진 땅에 씨를 심을 준비를 서두르고 학교는 노란 병아리를 닮은 아이들이 호기심어린 눈망울로 교사를 바라볼 것이다.

새해에는 많은 계획을 세운다.

시간은 잠시도 멈추지 않았는데 나는 아무 것도 못 했다.

책은 절반쯤에 책 칼이 꽂혀 먼지만뒤집어쓰고 있다.

업무가 바뀌어 교무실도 달라지고 사람도 낯설다.

이렇게 매년 3월이면 우리는 어색한 시작을 한다.

교사인 내가 이럴진대 아이들의 마음은 어떨까? 새 교실에 들어가는 첫날 무척 많은 고민을 안고 오는 아이들이 있지는 않을까. 학교로 오는 발걸음이 그저 가볍고 흥겨워야 할 텐데 무겁고 불안한 마음으로 오는 아이들이 행여 있지 않을까 걱정이 된다. 땅 속에만 있던 새싹이 처음 푸른 하늘을 볼 때의 마음이 그럴까. 알에서 막 깨어난 병아리가 엄마 따라 모래밭을 밟은 느낌이 그럴까. 시작이 어색하지 말아야 할 텐데 걱정이다.

시인 이산하는 장편 서사시 〈한라산〉을 썼다.

'혓바닥을 깨물 통곡 없이는 갈 수 없는 땅/ 발가락을 자를 분노 없이는 오를 수 없는 산' 이라는 시구가 제주도는 결코 가벼운 땅이 아니라는 걸 말해준다. 아직 역사는 용서할 준비가 되지 않았는데 사람은 너무나 쉽게 잊어버린다. 아무도 용서하지 않았고 용서할 수도 없는데 이 땅에 사는 사람들은 제주도를 그저 아름다운 섬, 낭만의 섬으로 말한다.

지금도 강정마을에는 눈물이 흐른다.

산책길 어디쯤 헤매다 보면 봄날이 숨어 있다가 우리를 놀라게 하려고 와락 달려들지도 모른다. 어디엔가 꽃샘추위도 기다리고 있다가 같이 달려든다. 그래서 세상은 늘 겸손하고 저어하며 살아야 한다.

이 봄, 무엇이 잘못되었는지 잘 생각해보고 일꾼을 뽑아야할 일이 있다.

더 이상 땅을 파헤치는 일도, 크레인 꼭대기에 올라가 있는 일도, 차가운 쇠창살 안에 시인의 시심을 가두는 일도 더 이상 없어야겠다. 무엇보다도 이 땅의 아이들이 제 목숨 스스로 거두는 안타까운 일은 제발 없어야겠다.

꿈꾸며 눈물 흘리며

기상캐스터가 '장맛비'라고 정확한 발음으로 일기예보를 한다. 다른 소리는 제대로 들리지 않지만 '장·맛·비'라고 또박또박 발음하는 그녀의 목소리는 귀에 남아 있다.

차창으로 흐린 하늘이 들어오면 쫓기는 출근길에서도 잠시 시간을 놓는다.

얼마 전, 친구와의 대화중에 무심히 나온 고정희 시인.

살아생전 시인의 이야기를 하면서 추억에 젖는 지인知人의 눈을 보면서 이 공간에서 현대시사에 뚜렷한 족적을 남긴 시인의 시를 함께 읽은 기억이 없다는 생각을 했다.

최근 들어 교과서에 소개되기 시작한 시인은 특히 여성문제를 시로 풀었다.

매듭을 풀 듯 조심스레 여성 해방을 이야기했다.

'오늘은 고정희 시인의 시를 읽자' 며
책장에 꽂힌 시집을 훑어보았다.

제법 있다.
그 중에서도 《눈물꽃》이라는 1986년도에 실천문학사에서 나
온 책을 골랐다.
이미 종이는 산화하여 발갛게 타들어가고 있었다.
조심스레 책장을 넘기니 온통 눈물이 범벅이다.
쏟아지는 눈물에서 고향 언저리 그 어디에선가 낮은 목소리
로 울고 있을 민중의 서러움을 들었던 시인에게는 요즘 같은
장맛비도 아픈 시적 소재가 되었으리라 생각한다.

시집이 출간될 당시 안산에 거주하였던 시인은 '시가 우리
의 자유의지의 통로에 생리작용으로 숨 쉬는 한 우리는 우리
가 통과해야 할 미래의 시간들을 따뜻하게 녹이며 손잡고 갈
수 있으리라 믿는다. 꿈꾸며 눈물 흘리며 뜨거운 결속으로 이
절망의 터널을 지나갈 수 있으리라 믿는다.' 며 시에 대한 믿
음을 버리지 않았다.

절망은 희망의 손을 놓는 순간 다가온다.

우리가 꿈꾸는 사회는 우리가 꿈꾸는 한 언젠가는 이루어진다.

시인의 꿈은 이 순간에도 현재진행형이다.

비록 그의 육신은 이 땅을 떠났지만

그가 생각하던 많은 꿈은

이 땅에서 계속 머물러 새로운 꿈을 잉태하고 있을 것이다.

내려놓기 위해 걷습니다

깜빡 잠이 들었던 모양이다.

어둠 속에서 희미한 자태만 허락하던 석탑이 눈앞에 다가왔다. 희부연 새벽 기운이 온 들에 퍼져 있다.

아무 것도 없지만 꽉 차 있는 빈 절터.

거돈사지는 그렇게 우리를 허락했다.

그날 밤, 늦은 출발 탓에 강원도에 도착한 시각은 밤 11시가 넘었다. 시골길이라 가로등도 없는 길을 내비게이션에 의지해 넘었다. 손곡 이 달이 벗들과 작별하던 홍원창은 4대강 공사에 완전히 망가져 있었다.

유려하던 물줄기보다 공사 흔적이 훨씬 짙다. 강은 이렇게 자꾸 망가지는구나. 안타까운 마음을 뒤로하고 길을 재촉했다.

하지만 아늑하던 시골길은 모두 공사판이다. 슬슬 짜증이 났다. 멀쩡한 길을 파헤치고 강을 헤집어 놓았다.

"어어. 이거 왜 이러지?"

내비게이션은 여전히 미안하다는 말 한 마디 없이 계속 같은 길을 가리키고 있다. 깊은 산길이 나온다. 좁은 길을 겨우 겨우 운전하다보니 어, 또다시 그 길이다. 아까부터 같은 길을 계속 달리고 있다. 오늘은 절터가 우리를 허락하지 않는구나. 무엇엔가 홀린듯하다. 사람들은 하나도 없다.

하긴 밤 12시 가까워진 시간, 그리고 시골에 누가 나와 있으랴.

다시 문막 읍내에 갔다. 하지만 잠자리가 없다.

이래저래 우격다짐으로 거돈사지로 가기로 했다. 어쩔 수 없었던가. 이번에는 길을 열었다. 오랫동안 빈 절터를 지켜온 거목을 보고야 마음이 편해졌다.

차 안에서 잠시 눈을 붙였다.

희미한 석탑이 우리를 들여다본다. 빈 절터는 천년의 어둠이 내려 캄캄하다. 까무룩히 꿈속에서 천 년 전, 그 스님을 봤던 것도 같다. 지금 내가 잠시 떠나 있는 우리 아이들도 만났고, 얼굴을 알 수 없는 뭇 중생들을 만났다.

벌써 몇 번이던가. 집에서 가깝고 복잡한 마음을 정리할 수 있고, 새로운 계획을 세우기에 적당한 장소가 여기만한 곳이 없다. 그래서 자주 여기 내려온다. 하지만 이제는 여기도 거친 손길이 닿기 시작했다.

얼마 전 일본에 나가 근무를 시작한 선생님이 들려준 이야기가 생각났다.

'제 아들이 중학교 때 이렇게 말했어요. 훌륭한 선생님이 되려고 하지 말고, 좋은 선생님이 되려고 하라고요. 조그만 게 그렇게 절 훈계하잖아요. 훌륭한 것보다 좋은 것이 좋다구요.'

잠깐이라도 짬이 생기면 많은 교사들이 자신을 살핀다. 아이들을 새롭게 맞을 준비를 한다. '좋은 선생님'이 되려는 선생님들이 그만큼 많은 것이다. 다행이다.

새벽, 빈 절터는 어둠 대신 청명한 기운을 채운다.

차가운 기운이 볼을 아리지만 단아한 석탑은 오랜 도력道力으로 우리를 반겼다. 여전히 범치 못할 기세다. 천천히 경내를 돌았다. 아련히 동녘이 밝아온다. 모든 것을 내려놓은 절터. 그러나 어디서나 빈틈이 없다. 친구에게 문자를 보냈다.

'내려놓기에는 빈 절터만한 곳이 없습니다. 오늘 새벽부터 나는 내려놓기 위해 걷습니다.'

몸이 가볍다.

달의 기억

그리도 뜨겁고, 비를 뿌리는 날씨가 계속되던 지난여름이 슬쩍 자취를 감추더니 짧은 가을 뒤로 겨울이 능치고 자리를 잡았다. 먼 산의 붉은 잎새가 남아 애교를 부리지만 겨울은 눈길도 보내지 않는다.

무안해진 단풍잎이 그 어느 해보다 더 붉다.

은행잎이 떨어지는 모습을 보았다.

바람이 불지 않지만 거의 동시에 우수수 떨어진다. 마치 제 갈 길로 떠나보내는, 냉정하지만 현명한 어미 사자처럼 가지를 흔들어 일제히 은행잎을 떨어뜨린다. 가지를 떠난 은행잎은 잠시 머뭇거리더니 이내 바람을 타고 여행을 떠난다. 차가운 겨울을 준비하는 은행나무는 단호하다. 미련스럽게 매달리는 이파리는 조만간 또 털어버릴 게다.

어둠이 내린 교정을 산책하다 보면 이파리를 다 떨어뜨린

은행나무, 느티나무, 백합나무 들이 홀가분한 표정으로 달을 쳐다보는 광경을 만난다. 오후부터 목욕 단장한 초승달이 초저녁 이른 시간에 산책길에 나섰다. 실핏줄까지 보이는 투명한 얼굴을 한 초승달에 노란 은행잎이 비쳐 한결 부드러운 표정이다.

어찌된 일인지 최근 들어 여유를 잃고 있었다.

그동안 욕심내던 많은 일을 이제는 서서히 끊고 있지만 그래도 느긋하게 책을 읽고, 사색하고, 산책할 시간이 부족하다. 아마도 마음의 시간보다 몸의 시간이 더 늘어나기 때문일 게다. 이럴 때면 활기차게 움직이던 뮤지컬 배우가 생각난다.

어떻게 하다 보니 무대 정면, 아주 가까운 자리에 앉을 수 있어 배우들의 표정까지도 자세히 볼 수 있었던 행복한 시간이 있었다. 그때 그 공연이 매우 동작이 많고 격렬했기에 배우들의 신나고 활달한 움직임에 빠져들었다.

그런데 군무 중인 한 어린 여배우를 보게 되었다.

바로 내 앞에서 너무나도 가볍게 '통' '통' 튀어 오르는 그 모습이 예쁘기도 하고 부럽기도 했다.

'어쩜 저렇게 가볍지?'

가벼운 삶이 부러워지기 시작한 것은 바로 이때부터가 아니었을까.

예수의 삶, 부처의 삶, 아니 그런 경지까지는 아니더라도 소로우, 룩셈부르크… 스님들, 사제들의 삶처럼 언제든 가방 하나들고 떠날 수 있도록 내 몸을 가볍게 해야겠다고 생각하기 시작했다.

멀었다. 아니 점점 더 요원해진다.

어느 순간에는 비워야겠다는 마음조차 사라진다. 냉정하게 이파리를 떨어뜨리는 나무 위로 떠오르는 초승달. 그 달을 보고 내 발걸음이 저절로 멈춘다.

잃어버린 것은

잊어버린 것! (이수익〈달의 기억〉)

덕지덕지 붙은 온갖 세상의 찌꺼기를 모두 버려야 하는데도 어느새 그 사실조차 잊어버리고 살아가고 있었다. 그래서 달은 저 혼자……흩어지고 있는지 모르겠다.

어둠이 두텁게 내린다.

뚜벅뚜벅 걸었던 상처가

풍월 읊지 않는다

퉁소 불지 않는다

개울에 주저앉아 두 발만 씻는다

굳은 살 옹이를 키운

저 산에 큰절 올린다

발바닥 문지르면

거친 삶이 잡힌다

뚜벅뚜벅 걸었던 상처가

물살 가른다

무공해 송사리 떼가

몰려와 듣는 설법

－김영재〈탁족 설법〉전문

며칠 동안 낮 기온이 30도를 웃돌았다.

이른 여름, 아니 늦은 봄이라고 해야 할 철에 어울리지 않았다.

둘러보면 벌써 더운 여름날처럼 무성한 녹음이 우거졌다.

우리나라가 온난화현상이 유난히 심하다는데 좀 걱정이 된다.

'탁족濯足' 이란 우리 선인들의 피서법이다.

무더운 여름날 계곡에 가서 발을 담그고 시를 읊거나

책을 읽는 방법이다.

살을 드러내는 것을 꺼렸던 그 옛날 계곡물에 발 담그고

숲에서 불어오는 바람 맞으면

그야말로 서늘한 졸음 삼매경에 들었으리라 생각한다.

맑은 계곡물에 발 담그면

잠시 뒤 송사리 떼가 몰려온다.

어디서 저런 투명한 삶이 생겨났을까?

물 밖에서 욕심 많은 인간이 제 삶을 들여다보는 것도 모른 체

송사리는 참으로 부지런히 움직인다.

참 평화로운 세계다.

그야말로 부처님의 세계다.

고개 들면 큰 산이 앞에 떡하니 버티고 있다.
아마도 부처님은 그 산 뒤 어디에서
우리 삶을 들여다보고 계시겠다.

우리 사는 세상도 이렇게 맑다.
우리는 한 마리 송사리에 불과할 뿐이다.

무슨 까닭일까요

새내기 교사였던 그 시절, 아이들 앞에 어떤 마음으로 서야 할지 고민하던 나에게 큰 가르침을 준 것은 바로 광주였다.

광주에 살고 있던 친구를 만나기 위해 찾아간 날 밤, 우리는 밤새 통음을 했다.

우리가 만난 그 자리가 하필이면 금남로였고 아직 그 날의 생채기가 미처 아물지 못했던 1990년 5월이었기 때문이다.

너무 늦게 온 내 자신이 부끄럽고 죄송스러워 견딜 수가 없었다. 친구는 미안해하지 말라고 했다.

하지만 그 말이 오히려 더 큰 아픔으로 다가왔다.

시내 뒷골목에서 새벽이 올 때까지 술을 마시던 우리는 망월동까지 걸었다.

말이 필요 없었다.

그저 한 걸음 한 걸음 천천히 발걸음을 옮길 뿐이었다.

저 멀리 새벽은 우리 뒤를 따랐다.

우리는 그때까지도 아무 말 없이 그저 걸었을 뿐이었다.

마침내 그 날의 원혼들이 누워 있는 그곳에 도달했을 때는
날이 밝았다.

부지런한 사람들이 새벽이슬을 밟으며 헌화를 하고 있었지
만 우리 눈에 그들의 모습은 정지된 화면처럼 보였다.

털썩 아무 무덤 앞에 주저앉았다.

엉엉 울 것 같았지만 울음은 터지지 않았고 깊은 한숨만 나
왔다. 술을 마시며 준비한 수많은 말은 어디로 사라졌는지 머
릿속은 하얗게 되었다.

고이 접은 천 마리의 학.

살아있을 것이라는, 그저 어떻게라도 살아있기를 바라는 마
음으로 한 마리씩 접었을 학은 고인의 무덤 앞에 놓이게 되었
다. 그 간절함이 까맣게 변해버릴 때 심정은 어떨까.

아이들이 써 놓은 삐뚤빼뚤한 글씨는 왜 그리 깊은 눈물이
었는지. 친구가 손을 잡아 끌 때까지 미친 듯이 묘역 이 끝에
서 저 끝까지 걷고 또 걸었다.

해마다 오월은 우리 곁에 와서 머물다 떠나간다.

세월이 흐르고 흘러 아이들은 오월을 모르는 세대가 되었다.

역사책에도 몇 줄로만 정리된 기억.

그들이 태어나기 전, 오래전의 과거사가 되었다.

시험에 나오지 않으면 기억할 수도 없는 우리들의 과거사일 뿐이지만 그래도 우리 아이들에게 들려주고픈 아픈 기억이다.

바다는 제 말을 하고

　여행을 하다보면 뜻하지 않은 곳에서 귀한 만남을 할 경우가 있다. 오늘은 그런 이야기를 좀 하자.

　이번 여행에 참여한 이들 대부분이 40대였다.
　같은 나이대가 이렇게 어울리기는 쉽지 않다.
　아무리 공적인 여행이라지만 하루 종일 공적인 일만 할 수는 없는 법이다.
　일이 끝나고 밤이 되자 객창감이 일제히 밀려와 객실에서 가까운 주점에 나가 맥주라도 한 잔 하자고 눈을 맞추었다.

　여행을 하면 이런 재미도 쏠쏠하다.
　그런데 객실 가까운 곳에 정말 멋진 장소가 숨어 있었다.
　바다 가까운 야외주점.
　잠 못 이루는 나그네들에게 제주도 바다는 푸른색으로 다가

온다. 푸른빛이 아련하게 스미는 그곳은 원형철제 탁자를 늘어놓고 가스 불을 켜서 난방을 하고 있었다.

무대에는 한 이름 없는 가수가 노래를 하고 있었다.

야외주점 바람벽에 걸린 족자들이 눈에 쏙 들어왔다.

김영승, 이생진, 천상병 시인의 시편이 걸려 있고, 누군지 모르겠지만 술김에 휘갈겨 쓴 취기어린 말조각도 대담했다.

"이거 오늘 술자리가 가볍지 않겠는데…?"

마침 옆에 앉은 분은 이생진 시인을 너무나도 좋아했다.

우리는 벽에 걸린 시를 보며 성산일출봉을 생각하지 않을 수 없었다.

'나는 내 말을 하고 바다는 제 말을 하고
술은 내가 마시는데 취하기는 바다가 취한다.'

우연히도 우리가 함께 좋아하는 시구였다.

다만 나는 '나는 내 말을 하고 바다는 제 말을 하고' 여기가 좋았다. 바닷가에 가서 뭐라고 중얼거리면 바다는 듣는 듯 마는 듯 서로 자기 얘기만 오래오래 늘어놓는다.

그러다 보면 가슴 속 응어리가 모두 풀린다.

234

그런데 그 분은 그 다음이 좋단다.

'술은 내가 마시는데 취하기는 바다가 취한다.'

어쨌거나 공통된 생각이 있으면 술맛은 더 환상적이다.

밤늦도록 이름 모를 가수는 흘러간 노래로 우리를 이끌었다.

나는 끝끝내 이생진의 시에서 헤어나지 못했다.

객실로 돌아오는 길에는 온통 〈그리운 바다 성산포〉가 깔려 있었다.

바다일지

풍경은 그 속에 살아가는
사람들의 모습이 담길 때 더 아름답다.

세월의 풍파에 시달린 주름진 얼굴로 파안대소하는 노인의
흑백사진 한 장, 장 본 물건이 가득 담긴 낡은 보따리를 안고
버스를 기다리는 시골 아낙네의 모습이 잘 정돈된 풍경 사진
보다 훨씬 더 진한 감동을 주기도 한다.

친구 녀석은 비린내 물씬 풍기는 작은 어촌 부둣가에 살고
있다. 그곳에서는 소금 바람에 새까맣게 탄 얼굴로 부지런히
그물을 손질하는 어부를 만날 수 있다.
대부분 나이 든 부부가 많다.
젊은이들은 모두 도시로 나갔기 때문이다.
부부가 함께 그물을 손질하고 잘 갈무리했다가 다시 새벽,

가까운 바다에 나가 그물을 던진다.

'널판 밑이 바로 지옥이여.'

소주잔을 기울이다 보면 친구는 이렇게 말을 하곤 했다.

아버지를 일찍 여읜 친구는 쪽배 하나로 온 가족을 건사하며 살았다.

새벽 4시면 캄캄한 어둠을 뚫고 바다에 나가 그물을 거두어 들이고 동이 트기 전에 돌아와 중간 상인에게 물건을 넘기면 잠시 휴식. 그리고 다시 하루 종일 그물을 손질하고 저녁 무렵이면 바다에 나갔다.

그런 친구의 삶이 우직해서일까.

우리는 그를 '곰이'라고 불렀다.

그는 그렇게 듬직한 가장으로 살았다.

동해로 흘러드는 강물과 바다가 만나는 끝자락에 집을 짓고 파도 소리를 벗 삼아 살아가던 그를 찾아가면 그물 깁던 손길 그대로 손을 번쩍 들어 반기고는 막소주 한 대접에 금방 잡아 올린 잡어 한 놈을 덤벙덤벙 썰어 내어놓았다.

"야가 서울에서 교사하는 내 친구잖소."

지나가는 동네 분들에게 내 소개를 할 때면 괜히 몸이 움츠

러들었다. 안 그래도 큰 목소리인 녀석은 더 큰 목소리로 호탕하게 웃었다.

"그래도 내 친구 중에는 교사도 있잖냐."

이제는 괜히 공단을 만든다며 땅을 파내 황량한 터로 남은 그곳, 우리가 '갯가'라고 부르던 그 바닷가에 살던 친구는 지금은 도시로 떠나 일을 하며 여전히 바다를 그리워하고 있다.

반 뼘쯤 모자란 시

무명 록 가수가 주인인

모 라이브 카페 구석진 자리엔

닿기만 해도 심하게 뒤뚱거려

술 쏟는 일 다반사인 원탁이 놓여 있다

기울기가 현저하게 차이지는 거기

누가 앉을까 싶지만

손님 없어 파리 날리는 날이나 월세 날

은퇴한 록밴드 출신들 귀신같이 찾아와

아이코 어이쿠 술병 엎질러가며

작정하고 매상 올려준다는데

꿈의 반 뼘을 상실한 이들이

발목 반 뼘 잘려나간 짝다리 탁자에 앉아

서로를 부축해 온 뼘을 이루는

기막힌 광경을 지켜보다가 문득

반 뼘쯤 모자란 시를 써야겠다 생각한다
생의 의지를 반 뼘쯤 놓아버린 누군가
행간으로 걸어 들어와 온 뼘을 이루는
그런

－손세실리아〈반뼘〉

완벽한 사람들이 너무 많다.
조금이라도 손해 보지 않으려고 목소리 높은 세상이다.

그러나 세상은 반 뼘쯤 여유로운 이들이 있어 틈이 생긴다.
일본의 한 사회학자가 재미있는 통계를 발표했다.
너무나도 바쁘게 살아가던 현대인들이
경제가 어려워지고 살기가 팍팍해지니
비로소 '삶' 에 대해 생각하더란다.

그동안 시간에 쫓기며 살던 이들이
경제가 어려워지자 오히려 여유가 생겼다는 말이다.
반 뼘쯤 빈틈으로 생각이 들어가기 시작한 것이다.

가장 아름다운 삶은 '관조하는 삶' 이라고 한다.

240

관조란 무엇일까. 그것은 나를 반 뼘쯤 비우는 것이다.
그 틈으로 다른 이들이 나를 채워 온전한 '나'가 된다.
아름다운 관계는 그렇게 형성되는 것이다.
오늘 우리, 반 뼘쯤 비우기를 해보자.

불현듯 미친 듯이

"내일 너희들 일정은 어떻게 되니?"

토요일 저녁, 온 가족이 한데 모인 것은 8시가 다 되어서였다. 느닷없이 이렇게 묻자 딸과 아들이 놀란다. 아이들이 중학교와 고등학교에 들어간 후에는 온 가족이 함께 모이는 시간이 절대 부족하다. 겨울방학이어도 모일 수 있는 시간이 없다. 딸과는 아침에 인사를 하는 것이 전부다.

"우리, 같은 집에 살고 있는 거 맞니?"

"그러게…."

내가 우스개로 던진 말에 딸은 이렇게 대답하며 웃었다. 이러다가는 가족여행 한 번 못가겠다는 생각이 들었다.

"지금 가서 바다보고 내일 아침에 올라오자."

갑자기 떠날 준비를 해서 차에 올라탄 것은 불과 10여 분 뒤, 불현듯 미친 듯이 떠나지 않으면 가족여행도 제대로 하지 못할 처지가 되었다.

고속도로에 들어선 차는 신이 나서 달린다. 긴 정체로 몸살을 앓던 토요일 오후의 고속도로는 우리가 들어서자 길을 열어준다. 차량은 많았지만 막히는 구간은 거의 없었다. 예정했던 시간에 항구에 들어섰다.

"맛있는 회가 우리를 기다린다."

아들 녀석의 한 마디에 더욱 기분이 오른 우리 가족은 싱싱하면서도 값싼 회를 먹고 밤바다를 보았다. 예년과는 달리 포근한 겨울이라 밤바다는 그리 춥지 않았다. 철썩이는 파도가 부드럽게 느껴졌다. 오랜만에 숙면을 취할 수 있었다. 가족이 모두 한 방에 누워 잠을 청한 것도 오래되었다. 그저 행복했다.

새벽 일찍, 인근에 있는 진전사 터를 올라갔다.

빈 절터이지만 탑 하나만으로도 꽉 차 보였다. 계단을 올라갈 때마다 조금씩 모습을 드러내는 검은 탑은 그동안 답답한 마음을 모두 어루만져준다. 왜 이 탑만 보면 눈물이 날까. 경주를 중심으로 종교가 오직 왕권과 결탁하여 게으른 걸음을 걸을 때 이곳 양양에는 뜻 높은 선사들이 모여 절을 세웠다. 그래서 양양의 절은 선종이 많다. 진전사 역시 도의선사가 마음 수양에 힘쓰기 위해 세운 절이다.

그 정신이 올곧게 남아 있기 때문일까.

가신지 이미 수 천 년, 그래도 빈 절터에는 향기가 높다.

새벽 서리가 깔린 빛바랜 잔디는 세속의 물욕을 경계하는 듯하다.

오른쪽으로는 설악산에 기대고 왼쪽으로는 푸른 동해를 벗삼아 삼층석탑은 유유자적하다. 조금 늦은 아침 햇살이 탑에 비치자 명상에 잠겼던 부처님과 팔부중이 중생을 반긴다.

합장하고 천천히 탑 주위를 걸었다.

기둥은 어디로 사라지고 세월만 아프게 남아 있는 주춧돌을 바라보며 그 옛날 선사들의 간절한 기원을 되새겨 보았다. 불현듯이 떠난 여행이지만 중생의 좁은 마음그릇을 채우기에는 충분했다. 아니 오히려 넘친다.

늘 그렇듯 빈 절터를 찾는 마음은 나를 벗어 가벼워지는 여행이다.

텅 빈 공간에는 선사들의 높은 도가 더욱 깊어져 흐르고 있다. 세월이 흘러 사라지는 것이 아니라 더 채워지기에 투명한 빈 공간에 서면 인간의 욕심과 시간은 저만치 물러난다. 그 자리에 들어오는 선인들의 높은 향기.

내가 맑아진다.

찰나에 스치는 부처님의 미소가 내 마음에 들어온다.

산사 티끌 한 점 없어

　시를 읽다가 무릎을 칠 만한 작품을 만나면 저절로 감탄사가 나온다. 다시 읽고는 수첩에 적는다. 천재들이야 한 번 보고 단숨에 외우지만 타고난 둔재이기에 자신이 없어 아예 처음부터 적어두는 것이다.

　이번 겨울 유몽인의 〈어우야담〉을 읽고 있다.
　아직 절반을 채 못 읽었건만 창 밖에는 봄이 서성이고 있다.
　책 읽어가는 속도가 계절의 변화를 못 따라가지만 내 마음은 그리 더디지도, 서운하지도 않다. 야담이 주 내용이던 앞부분이 끝나고 지금부터는 당대의 주옥같은 한시가 연이어 나오고 있다. 유몽인은 당시 문단의 흐름 한가운데 있었다. 덕분에 당시 문인들의 좋은 작품을 대할 수 있었다.

　홍경신이라는 사람이 풍악산(금강산)에 유람 갔다가 표훈사에 묵을 때 지었다고 한다. 한밤중이 되어 함께 갔던 박생이 비가 온다고 했다. 홍경신이 그 말을 듣고 일어나 보니 환한 달빛이 창에 가득하였다. 창문을 열고 보니 하늘에는 구름 한 점 없었다.

절 마당에는 샘물을 끌어 오는 나무 홈통을 따라 물이 흐르고 있었다. 이따금 바람이 불어 물이 날리며 빗소리를 내고 있었다. 이에 홍경신은 즉흥시를 읊었다.

벼랑 위 산사 티끌 한 점 없어 가을 기운 맑은데
창 가득한 달빛에 놀라 잠에서 깨었네.
골짜기 가득한 바람결에 들려오는 샘물 소리
앞산에 밤비 내리는 소리로 착각하였구나.
(崖寺無塵秋氣淸
滿窓明月夢初驚
淙淙一壑風泉響
錯認前山夜雨聲)

– 홍경신〈절구〉

달 아래 물방울이 또로롱 또로롱 떨어지는 소리를 듣고 있는 시인의 모습이 떠오르지 않은가? 아무리 고요한 산사라도

246

한낮에는 온갖 소리들이 뜰에 머문다. 그래서 여리디여린 물방울 소리는 비집고 들어올 틈이 없다. 그러나 깊은 달빛 아래 삼라만상이 명상에 들어가면 비로소 물방울 소리가 우리 귀에 들어오기 시작한다.

'또로롱 또로롱……'

도시 소음에 익숙한 우리 귀에 물방울 소리는 무척 낯설다.
이내 이 소리는 아름다운 음악이 되어 먼 동심의 세계로 우리를 끌고 간다. 그래서 우리는 자연 속에서 숙면을 취할 수 있다.

이런저런 시끄러운 소리에 꿈이 사나운 날이 많아진다.
불현듯 새벽에 눈을 뜨면 잠을 이루지 못해 서성이다가 새벽 거리를 본다. 그때까지도 네온사인은 아우성이다. 붉고 푸른 불빛 아래로 새벽이 휑하니 지나가지만 이 시간이면 새로 하루를 준비하는 사람들과 지난밤의 그 아우성에서 미처 헤어나지 못한 사람들이 겹쳐 지나간다.

잠시 그들을 본다.
그들의 삶 속으로 들어간다.
우리 인간들을 시간 속에서 놓아주지 않는 것이 과연 무엇일까. 무엇에 저리 성을 내고, 울먹이고, 소리를 지르고, 토하며 살아가는 것일까.

무엇이 우리를 기쁘게도 하고 슬프게도 하는 것일까.

이 땅에 참으로 많은 사람이 살고 있지만 살아가는 모습이 어쩌면 이렇게도 비슷할까.

이렇게 상념이 끝없이 일어나는 날에는 토막 난 잠을 이어 가기가 어렵다.

옛 시를 꺼내 한 자 한 자 읽어나가다 보면 그 속으로 들어 가게 된다. 현실에서 잠시 벗어나 깊은 산사에 들어갈 수 있다.

티끌 한 점 없기에 산사의 아침은 더욱 투명하다.

몸과 마음이 엷어진다.

산은 새소리마저 쌓아두지 않는구나

살아가면서 몸이 무거워지는 가장 큰 이유는 육체에 쌓이는 업業의 무게 때문이다.

물을 건너지 못하는 아낙네를 업고 강 저편까지 건네준 스승을 교리를 어겼다며 따지던 제자, 그러나 '너는 아직도 그 여자를 네 등에 업고 있느냐'라는 말 한 마디로 깨닫게 했던 스승의 억 만 무게의 가벼움을 우리는 왜 알지 못할까.

어머니가 보고 싶다.

도로에 차량이 넘친다는 소식을 듣고도 그예 강릉으로 향한 까닭은 봄이 가기 전에 홀로 계신 어머니를 뵙고 싶었기 때문이다. 아니, 그보다는 고향 근처에 있는 신복사 터, '꽃을 바치는 보살상'이 보고 싶은 마음이 더욱 간절했다.

눈을 감으면 행복감에 충만한 보살의 얼굴이 자꾸만 떠올랐다. 그 넉넉한 미소로도 업이 한결 가벼워지리라는 생각 때문이었다.

　여전히 '신복사 터'에는 행복이 넘쳤다.

　그리 넓지 않은 절터지만 외롭지 않았다.

　궁벽한 산골짜기에 겨우 몸을 비비고 서 있지만 탑은 찾아오는 모든 생명을 반겼다.

　"어떻게 왔니?"

　보살상은 이렇게 물었고, 내 대답도 그리 길지 않았다.

　"보고 싶어 왔죠."

　우리의 웃음이 산자락을 타고 내려간다.

　산은 싱그러운 산새소리를 들려주었다.

　'삐-뱃쫑 뱃쫑' 자기들의 언어로 반갑다고 소리쳤다.

　가까운 동네에서 꼬마들이 주저 없이 놀러왔다.

　아이들은 생명이다.

　자연 속에 있는 아이들은 이 세상에 내려온 천사다.

　보살님은 건물이 사라진 자리에 여린 꽃, 풀, 그리고 아이들을 불러 모아 놓았다.

　저, 천진함. 세상의 걱정이 자리할 틈이 없다.

과잉생산, 과잉소비, 과잉섭취, 과잉배설의 현대에서 쓰다 남은 자투리 천을 모아 만든 조각보에 눈을 돌린 김영무 시인은 1993년 《색동단풍 숲을 노래하라》(창작과비평사)를 들고 우리 곁에 왔다. 주위의 작은 소리에도 귀 기울이는 시인의 섬세한 마음은 아무렇게 놓였으나 웃으며 봄꽃을 불러 모으는 주초柱礎를 닮았다.

버리지 못해 더욱 무거운 나의 몸.
넘어가는 해를 바라보니 등 뒤의 그림자가 더욱 길어졌다.

아버지를 닮은 미소

사람의 나이는 십진법을 따라 먹는 것 같다.

10대와 20대가 다르고 30대와 40대가 다른 것은 괜한 것이 아니라는 생각이 든다. 앞을 보고 달리는 30대와는 달리 40대는 이것저것 살피는 것이 많아지는 나이다.

아이들도 서서히 품을 떠나려고 하고, 부모님은 어느새 저만큼 떠나버린 나이. 그것이 바로 40대가 아닌가.

그래서 40대가 되면 가족을 생각하고 떠나버린 친구들을 찾나 보다. 부쩍 친구들이 이런저런 이유로 연락을 자주한다.

초등학교 동창에서 나이 들어 만났던 벗들까지 모두들 헛헛한 웃음을 던지며 연락을 한다.

"그래, 어떻게 지내는가?"

이제는 완전한 반말도 아니고, 그렇다고 존댓말도 아닌 어정쩡한 대화법이 익숙해진다. 심지어 자기 이름보다는 누구 아빠와 누구 엄마로 더 통한다.

그런데 이 나이가 되고 보니 더 간절하게 생각나는 사람이 바로 아버지다.

어머니는 아련한 슬픔 속에 늘 함께 하시지만 아버지는 큰 슬픔이 아니고는 좀처럼 떠오르지 않는다.

하지만 요즘에는 아버지가 더 생각난다.

나는 대학 2학년, 그러니까 20세의 나이에 아버지를 잃었다.

그때 아버지는 지금의 내 나이 정도였다.

아버지는 오랜 병으로 방에 누워 계셨다.

행여 아들의 공부에 방해가 될까 연락을 하지 말라고 하여 아들은 전혀 아버지의 병환을 눈치 챌 수 없었다.

추석이 얼마 남지 않은 8월, 방구석에는 머리카락이 한 움큼 빠져 있고, 퀭한 눈으로 나를 바라보시던 아버지의 눈이 그렇게 슬퍼 보일 수 없었다.

그렇지만 나는 그 자리를 허겁지겁 빠져 나왔다.

그해 11월, 난데없이 까마귀가 울던 하숙집.

전보를 건네주던 우체부는 내 손에 전보지가 떨어지기도 전에 가버렸다.

'부, 사망, 급 귀가 요망'

부리나케 기차를 타고 간 고향집. 아버지는 막 입관을 마치고 영정으로 나를 맞았다.

임종을 보지 못했던 아버지, 그래서 꿈에서도 아버지는 늘 살아계셨다.

그런데 그 아버지가 이제는 거울 속에서 나를 본다.

어디서든 거울을 보면 아버지가 빙긋 미소를 짓고 계신다.

어느새 내가 아버지가 되어 우리 아이들을 아버지의 미소를 닮아 그렇게 우리 아이를 바라본다.

아이들 속에 숨은 미소 부처님

서산마애불. 누구나 한번은 들었음직하다.

초중고 교과서를 통해,

여행을 좋아하는 지우를 통해,

아니면 스스로 다가가

그 미소에 위로를 얻고 떠나는 바람에게서

우리는 아름다운 천년의 미소를 보았다.

의외로 많은 사람들이 서산마애불을 모를 수도 있다.

하지만 용현계곡 그 속에는

누가 보든, 보지 않든 마애부처님이 계셔서

소박한 미소로 중생의 아픈 마음을 보살피고 계신다.

위로가 필요하면 언제든 해미의 개심사에 달려간다.

그곳에서 자연 그대로의 절집을 만나고 부처님을 뵙고

그렇게 산길을 걸어 내려오면
어지럽던 마음이 풀린다.
그 길로 용현의 마애석불을 뵈면
저절로 굳었던 얼굴에 미소가 떠오른다.
푸근한 시골 아저씨처럼
자기 마음을 다 드러내지 않으면서도
세심하게 배려하는 친절이 느껴진다.
그 미소를 마음에 담아
한 며칠 그렇게 지낸다.

언제부터인가 산책조차도 과분한 사치인 양
바쁜 일상이 되었다.
하지만 삶에 매몰되면 길을 잃을 수 있다.
모든 일에 열정이 사라지고
심드렁하게 세상을 바라볼 수 있다.

이럴 때면 다녀온다.
상왕산 중턱에 천년 기운이 흐르는
개심사 부처님께 칭얼대며 위로를 받고
마애 부처님의 수더분한 미소에 살아갈 힘을 얻었다.

욕심 앞선 마음 털어내고 넉넉해져 내려왔다.
미소가 아름다운 사람을 보면
인간을 창조하신 하나님의 오묘한 솜씨에
저절로 감탄하지 않을 수 없다.
이 세상 그 무엇보다도 아름답기 때문이다.
오늘은 서산까지 달려갈 틈이 없으니
우리 아이들 속에 숨은 미소 부처님을 찾아야겠다.

어두운 밤 빛나는 별

때로는 살아온 내력만으로도 감동을 주는 사람이 있다.

열다섯 어린 몸으로 상경하여 신문팔이, 구두닦이, 웨이터, 공장생활 등 무수한 일을 전전하다가 주린 배를 채우기 위해 서울역 수화물열차 속을 파고들어야 했던 박영희 시인.

서울생활 다섯 해 만에 고입·대입 검정고시에 합격하고 고향에 돌아갔지만 어머니가 차려주는 밥상도 눈치가 보여 다시 떠나야 했던 시인. 그 삶이 고단했지만 시인의 시선은 늘 낮은 곳에 머물러 있다.

낮아진다는 것, 아니 시선이라도 낮은 곳을 향하는 일은 그리 쉽지 않다. 인간이기에 늘 자기 자신 속에 머물러 있다.

나를 중심으로 세상을 판단하고, 언제나 세상이 나를 알아주기만 바라고 살아간다. 인간 중에도 신神의 얼굴을 하고 계신 분이 있으니, 바로 '어머니'다.

아흔 먹은 어머니와 일흔 아들이 함께 길을 나서면 늘 아흔 먹은 어머니가 걱정하신다고 한다.

"얘야. 차 조심해라. 넘어지지 않도록 천천히 다녀라."

당신 몸도 제대로 가누지 못하면서도 어머니에게 자식은 늘 어린아이의 모습으로 남아 있나 보다.

당신은 연료비가 아까워 찬 방에 누웠지만 자식은 행여 춥게 지낼까, 밥이라도 굶을까 걱정 어린 타박이 앞선다.

방이 추우면 자식들이 춥다고
빈 방 아궁이에
불을 지피시던 어머니

자식들은 잘 알지 못한다.

도시로, 도시로 모두 떠났지만 어머니는 자식을 가슴에 품고 계시다는 것을.

자식들은 외식 한 끼에 몇 만 원 훌쩍 써도 어머니는 찬밥에 물 말아 훌훌 드시고는 꼬깃꼬깃 돈을 모아 손자들 내려오면 용돈으로 주신다는 것을.

우리 어머니는 지금 내 나이보다도 더 젊었을 때 혼자가 되셨다. 모진 고생을 하시며 철없는 4남매를 모두 키워내신 어머니. 이제는 혼자 고향에 남아 계신다.

그러나 아들은 고향이 싫었다. 이상하게도 고향에 가면 어두운 굴속에 있는 것처럼 답답하고 습습했다. 가끔 내려가면 바로 돌아설 궁리를 했다.

막히는 길이 짜증스럽기도 했지만 무엇보다도 동굴 같은 그 답답함이 싫었기 때문이다. 그래도 어머니는 아들의 어린 시절을 고스란히 가슴에 담고 계셨다.

"내일 아침에 올라갈랍니다."

"그래…. 길 막히는 것 보다는 낫다…."

그렇게 말하시고는 주섬주섬 모아 두었던 알곡이나 양념류를 꺼내셨다.

기다림에 지쳤어도 어머니는 자식들이 돌아오기를 기다린다.

하지만 그 자식들은 어두운 밤이 되어야 후줄근한 모습으로 돌아간다. 그래도 어머니에게는 가장 빛나는 별이다.

"어이구. 내 새끼. 힘들었제? 어여 온나."

얼굴 가득 미소를 머금고 두 팔을 벌려 맞아주시는 아름다운 모습. 이 세상에 임재하고 계신 신神은 바로 어머니다.

초라한 고목이 되기 전에

세상살이 어수선해도 시간은 정직한 법이다.

뜰의 자목련이 봄을 함뿍 물고는 하늘을 올려다본다.

백목련은 벌써 이파리에게 자리를 물려줄 준비를 마쳤다.

이렇게 많은 생명들이 부지런히도 움직이는데 나는 그들과 동떨어진 시간을 보냈다.

어느 순간 죽어 있다는 느낌이 강하다.

글쎄, 죽은 것에도 느낌이 있을까.

머릿속은 텅 비어 있고 오감五感은 사라진 채 쓸데없는 고집과 노여움, 잔소리만 채워진다. 무언가 새롭게 변해야 한다는 압박감은 늘어 가는데 무엇을 해야 할지 도통 모르겠다.

그런 가운데 아이들은 새로 들어오고 새 학년에서 공부를 시작한 지도 오래 되었다.

나와 같은 생각을 하던 사람들과도 소원해지고 그렇다고 생각이 다른 사람들과도 가까워진 것도 아니다.

그저 아무런 흥미 없이 그들을 바라본다.

냉소적인 웃음만 몇 번 날린다.

1학년 학생들과 함께 3박 4일 동안 단체수련활동을 다녀왔다.

봄이 오는 속리산 자락에서 생활하다 보니 아이들을 더 가까이 볼 수 있는 기회가 되었고 동시에 같은 학년 교사들을 새롭게 바라볼 수 있는 시간이 되었다.

이번 행사를 통해 더욱 그들에게 고마움을 느꼈다. 아무래도 함께 있는 시간이 길어지다 보니 새롭게 발견하는 부분이 많다.

교직에 들어온 지 2년차인 여교사의 건강한 모습을 지켜보고 스스로 반성을 많이 했다.

어렵게 첫 해를 보내고 이제는 밝고 건강하게 아이들에게 다가가니 우리 아이들도 덩달아 신나게 받아들인다. 마치 물오른 버들가지처럼 낭창거린다.

그 탄력과 여유로움이 마냥 부러웠다.

반면에 나는 어느새 나이 많아 속부터 굳어가는 고목 같았다. 내 앞에서는 뻣뻣하던 아이들이 젊은 교사들 앞에서는 흐드러진 꽃처럼 변하는 모습을 보았다.

무엇일까. 나의 몸이 너무 무거워졌기 때문이 아닐까.

가볍게 떠나기 위해 두 벌 옷을 지니지 않고 두 켤레의 신발을 지니지 않았던 선지자의 삶이 떠오른다. 아니 언제나 떠날 준비를 하고 있던 옛 선사들의 삶이 떠오른다.

몸이 무거워지고 생각이 자유로워지지 아니하면서 어느새 나는 뒷방 늙은이가 된 것은 아닌지.

이제는 그야말로 지혜가 필요한 나이가 되었다.

내 몸이 가볍지 못하다면 그동안 살아오면서 깨달은 지혜를 아이들에게 가르쳐 주어야 할 텐데 어쩐지 그동안 읽었던 많은 책도 전혀 기억이 나지 않는다.

머릿속이 하얗게 비어 있다.

밀려오는 아이들에게 아무 것도 전해줄 수 없다면 내가 살아야 할 아무런 존재 이유가 없을 듯싶다.

그렇다면 내가 선택해야 할 것은 무엇인가.

훌훌 털어버리고 떠나는 것밖에.

아니면 아직 변할 수 있는 힘이 있다면 그걸 찾아야겠다. 꽃보다 더 예쁜 우리 아이들의 눈에 초라한 고목으로 비치기 전에.

한나절 혼자서 부끄러웠네

연꽃이 얼마나 아름다운지 온양에 있는 인취사에 가보고야 알았다. 인취사는 작은 절이지만 혜민 스님이 가꾼 연꽃으로 널리 알려져 있는 사찰이다.

해마다 연못에 백련이 피면 스님은 '백련시사'를 열어 경향 각처의 문우들을 부른다. 백련, 홍련, 자련, 아니 황금련까지 가득 피워놓고 벗들을 기다리는 스님의 미소가 연꽃인 양 해맑다.

어쩌다 보니 올해는 가지 못했지만 여전히 스님은 시골집 같은 절 마당에서 따뜻한 햇살을 쬐며 연잎차를 마시고 계실지 모르겠다. 절 마당에는 어슬렁거리는 누렁이의 선하품에 처마 끝에 둥지를 튼 비둘기 녀석들이 잔소리를 해댈 터이다.

난설헌은 1563년 강릉 초당 마을에서 초당 허엽의 삼남 사녀 중 셋째 딸로 태어났다. 천재 시인으로 이름이 높은 하곡 허봉이 오라버니이고 명 문장가였던 교산 허균이 아우이다.

김성립에게 시집을 갔지만 결혼 생활은 그리 순탄치 않았다. 어린 아들과 딸을 먼저 보낸 후 쓴 〈곡자哭子〉라는 시는 이런 슬픔이 고스란히 담겨 있다.

스물일곱 되던 해, 자신의 죽음을 암시하는 시구(芙蓉三九朶 紅墮月霜寒)를 남기고 숨을 거두었다.

난설헌은 죽으면서 자신의 시를 전부 불태웠다. 지금까지 전해오는 시는 아우 허균이 외워 남긴 것이라 과연 난설헌이 썼을까 하는 의심을 받는 시가 있다.

〈채련곡〉 역시 그러한 의심을 받지만, 발랄한 소녀의 순수한 사랑을 느낄 수 있는 예쁜 작품이다.

연꽃 따던 소녀에게 저 건너편에 사모하던 도령이 나타난다. 갑자기 심장이 벌렁벌렁 뛰기 시작한다. 도령의 싱그러운 웃음소리는 다른 사람들보다 더 크고 확실하게 들린다. 함께 연못 주위를 돌아다니는 다른 아이들보다 얼굴이 더 빛난다.

그렇지만 이때가 어느 시대인가. 행여 눈길만 마주쳐도 이상한 소문이 나게 마련. 더구나 시집갈 나이가 된 큰 아기씨의 일거수일투족은 관심 대상이 되기에 충분하다.

하지만 아기씨를 움직이는 것은 마음이었다. 따던 연밥을 남몰래 던지고는 얼른 연잎 사이로 숨는다. 행여 누가 보았을까,

그리고 사랑하는 연인이 내가 던진 연밥을 어떻게 생각할까 하루 종일 얼굴이 붉어진다.

시에는 행동이 있고 마음이 있다.
행동을 상황이라고 하고 마음을 느낌, 분위기라고 한다.
이 시를 읽을 때 우리는 소녀의 행동에 주목해야 한다. 연밥을 따다가 도령을 보고 설레는 모습, 남 몰래 연밥을 던져주는 장면, 그리고 혼자 애면글면 속 태우는 모습 등이 고스란히 떠오른다. 그 상황 속에서 소녀는 어떤 마음일까를 생각하면 수줍음 많은, 그러나 당돌한 소녀의 사랑이 떠오르게 된다.
이런 경험 있지 않은가.
'어머, 어머, 그때 내가 어떻게 용기를 냈는지 몰라.'
지금 생각하면 스스로도 깜짝 놀라는 어린 시절의 소중한 기억들.

다시 인취사로 돌아간다.
시골길 지나 야트막한 산길 오르면 목련으로 가로수를 한 예쁜 진입로가 나온다. 오늘 같은 날은 인취사 절 마당을 거닐며 스님을 닮은 연꽃을 보고 싶다. 강릉 초당 난설헌 생가 툇마루에 앉아 난설헌의 백일홍처럼 수줍은 미소를 그리고 싶다.